www.tredition.de

AF197451

www.tredition.de

© 2017 Avan Anson

Verlag: tredition GmbH, Hamburg

ISBN
Paperback: 978-3-7345-9648-3
Hardcover: 978-3-7345-9649-0
e-Book: 978-3-7345-9650-6

Printed in Germany

Avan Anson

Vor Prozessbeginn

Gründe und Hintergründe -
ein Psychogramm

Dies ist der Bericht über die Vorbereitungen dreier Männer auf einen Gerichtsprozess. Er soll morgen eröffnet werden. Angeklagt wird der türkische Gelegenheitsarbeiter Arco Ünsal Duyan. Ihm wird vorgeworfen, seinen Freund, den Universitätsprofessor, Jari Ben Maubesor, getötet zu haben. Die Prozessführung wurde dem achtunddreißig Jahre alten Richter Dirk Krumer übertragen. Der Angeklagte ist zwar der Tat geständig, dem Richter aber kamen Zweifel an der Schuldfähigkeit des Angeklagten. Deshalb ließ er über ihn zusätzlich zu dem psychiatrischen Gutachten ein forensisch-psychologisches Gutachten erstatten. Zum Sachverständigen wurde der siebenundfünfzig Jahre alte Akademische Oberrat, Dr. Moritz Staller, bestellt. Der Inhalt des Gutachtens ist dem Richter ebenso wie dem Angeklagten bekannt.

Der Richter: Die Übernahme des Sachverhaltes

Am Sonntagvormittag, zwischen dem Besuch der Messe und dem Mittagessen waren noch etwa anderthalb Stunden Zeit, hatte Krumer damit begonnen, sich auf den Prozess vorzubereiten. Den Ablauf der Sitzung wollte er sich vergegenwärtigen und insbesondere einen Katalog von Fragen erarbeiten, die er dem Angeklagten stellen wollte. Die ersten beiden Aktenbände waren bereits durchgearbeitet. Vernehmungsprotokolle des Angeklagten, von der Kripo in herkömmlicher Weise erstellt, und die Anklageschrift der Staatsanwaltschaft - beides hatte er mit der gebührenden Routine ein weiteres Mal durchgesehen. Ebenso hatte er die Ergebnisse der Aufzeichnungen über die Zeugenvernehmungen und seine dazu notwendig zu stellenden Fragen bereits zu Papier gebracht. Er wollte, nein: er musste diese Fragen den Zeugen stellen. Aber würden seine Fragen erschöpfend genug sein, um sich am Ende ein gerichtsfestes Urteil bilden zu können?

Den zweiten Band, in dem die Fotos vom Tatort und von der Leiche niedergelegt waren, hatte sich Krumer nur kurz vorgenommen. Kurz wohl gerade deshalb, weil bei der Ansicht der Bilddokumente ein Wust ungeordneter Eindrücke und Überlegungen wachgerufen worden war. Wie hatte es nur kommen können, dass Duyan sich dazu hinreißen ließ, Maubesor zu töten? Weswegen hatte er es vorgezogen, zusätzlich zu seinen vielen Irrwegen einen weiteren zu gehen, einen über die Maßen verhängnisvollen? Weswegen lebte Duyan in der Grauzone zwischen Legalem und Illegalität, zwischen Wahrhaftigkeit und Verlogenheit, zwischen Weltbürger und Habnichts, zwischen liebendem Familienvater und triebhaften Egoisten? Weshalb spielte Duyan mit den Gefühlen seiner Gegenüber und war zugleich feige genug, für die Konsequenzen seiner Inszenierungen einzustehen? Duyan, der alles in der Welt den Prinzipien Lust und Wohlstand unterordnete? - Krumer verglich das, was in ihm vorging, in seiner Mächtigkeit mit einer Schneelawine, die von den Bergen eines Hochgebirges ins Tal hinabstürzt. Durch nichts und von niemanden ist sie aufzuhalten. So kam es dem Richter denn gelegen, dieses Wirrwarr aus prozessualen Überlegungen und persönlicher Anteilnahme sowohl für den Täter als auch für dessen Opfer vorerst auf sich beruhen zu lassen, als sein Sohn ihn zum Mittagessen zurück zur Familie rief. Er überließ also die Akten sich selbst, allerdings war er noch gedanklich mit dem kriminellen Geschehen befasst, so dass er bei Tische nur sehr oberflächlich an den Unterhaltungen seiner Familie beteiligt war.

Mittagsruhe, Kaffeetrinken - derweil war es schon gegen 17 Uhr geworden. Wie schnell doch die Zeit dahin eilt! Krumer wurde es wiederum klar, dass wir sonntags in einer Zeit des eiligen Müßiggangs leben, während in der Woche die Eile zur Hast wird. Viele tun dennoch nichts, aber das in Eile. Krumer saß nun wiederum in seinem Arbeitszimmer hinter seinem Schreibtisch. Dieser war - in der Mitte des Zimmers stehend und den Raum weitgehend ausfüllend - eines der wenigen Stücke aus seiner Studentenzeit. Vor nun schon fünfzehn Jahren hatte er das stattliche Möbel aus dem Nachlass eines Industriekaufmanns für billiges Geld erstanden.

Hinter ihm prasselte der Regen an das Fenster und rann in breiten Streifen die Scheiben hinab. Es war kalt draußen, kälter als man es in der ersten Dekade des November erwarten durfte. Vorgestern Nacht hatte es erstmals gefroren. Die Stengel der Geranien auf dem Balkon hingen abgeknickt herunter, und die Blüten wirkten wie schwere Gewichte. Die Pflanzen offenbarten die Wirkungen des Nachtfrostes der beiden zurückliegenden Nächte. Die Farben der Blüten waren vergangen.

Krumer fühlte sich irgendwie unbehaglich, dass ausgerechnet seine Kammer diesen Fall übertragen bekommen hatte. War doch auch in diesem Falle eine politische Dimension nicht zu leugnen! Er hoffte, dass die Presse, die morgen mit Sicherheit zugegen sein würde, diesen Gesichtspunkt nicht besonders herausstellen würde. Nein, das war ganz klar: Politische Motive lagen der Tötung nun wahrlich nicht zu Grunde. Immerhin aber stand es mit den deutsch-türkischen Beziehungen derzeit nicht zum besten. So hatte er dafür, dass er diesen Vorgang zur Entscheidung übertragen bekommen hatte, lediglich eine Reihe nicht besonders vernünftiger Erklärungen, nämlich die, dass er im Alter dem des Angeklagten annähernd gleich war, dass er verwandtschaftliche Beziehungen zu jenem Land hatte, in das die familiären Wurzeln des Dr. Maubesor reichten. Er war gelegentlich in dienstlichen Angelegenheiten dort tätig gewesen. Überdies pflegte Richter Krumer beste persönliche Beziehungen zu dem Ordinarius für Strafrecht an der Universität zu Istanbul. Sie beide gehörten der Gesellschaft für deutsch-türkische Beziehungen an. Es war gerichtsbekannt, dass Krumer - nicht nur von Berufs wegen - ein Freund der türkischen Kultur war.

Nun endlich - der Nachmittag war schon im Vergehen - wollte sich Krumer dem psychologischen Gutachten widmen, das er in Auftrag gegeben hatte. Er sah die Expertise als folgenschwer für den Ausgang des Verfahrens an, obgleich er sie bisher noch nicht eingehend durchgegangen war. Sie war als Routinevorgang zu den Akten gelegt worden. Krumer pflegte ohnehin die Gewohnheit, dass er die Vorbereitungen auf seine Prozesse möglichst nahe an den Beginn der Verhandlungen rückte. Auch in diesem Falle erwartete er Hinweise für Fragen, die er Ünsal Duyan zur Person und zum Tatgeschehen zu stellen hatte. Deswegen blätterte er in dem vom häufigen Gebrauch schon ziemlich abgegriffenen dritten Band der Akte. Er suchte darinnen das Gutachten, um es sich nunmehr gezielt vorzunehmen.

Der Sachverständige war ihm aus der Literatur, nicht aber persönlich bekannt. Diesen Umstand wertete Krumer als einen Vorteil. Es dünkte ihn indessen, dass seine Wahl für Dr. Staller eine gute gewesen war, denn er schien - soweit er es an der formalen Aufmachung des dreiundsiebzig Seiten umfassenden Gutachtens entnehmen konnte - ein Routinier zu sein. Das Aktenzeichen mit der Nummer 37/Ks41 Js 199/98 (11/98) stimmte. Ebenso stimmte die Fragestellung, nämlich

Auf Beschluss des Landgerichts Essen vom 29. August 1998 wird zur Frage der strafrechtlichen Verantwortlichkeit des Angeklagten Arco Üsnal Duyan ein psychologisches Gutachten erstattet, "insbesondere darüber, ob der Angeschuldigte bei Begehung der Tat wegen einer tiefgreifenden Bewusstseinsstörung oder einer schweren anderen seelischen Abartigkeit unfähig war, das Unrecht der Tat einzusehen oder nach dieser Einsicht zu handeln, oder ob die Steuerungsfähigkeit des Angeschuldigten aus einem der genannten Gründe erheblich vermindert war".

Ebenso lag dem Gutachten eine Gliederung zugrunde, die das rasche Nachschlagen sehr erleichterte. Staller schien sein Geschäft zu beherrschen. Jedenfalls erinnerte Krumer die äußere Aufmachung des Gutachtens eher an einen wissenschaftlichen Traktat als an eine Expertise, die für gewöhnlich durch seine Hände geht.

Im folgenden werden zunächst die wesentlichen Inhalte der Strafakte wiedergegeben, die im Gutachten herangezogen werden bzw. zum Verständnis des Gutachtens erforderlich sind. Anschließend werden die einzelnen Ergebnisse der psychologischen Untersuchungen dargestellt. Im dritten Teil des Gutachtens werden diese Ergebnisse zum psychologischen Befund integriert. Im letzten Teil werden wir auf dieser Grundlage zu den Fragen des Gerichts Stellung nehmen.

»Wen er wohl mit ‚wir‘ meint?«, fragt sich Krumer etwas voreingenommen. Schließlich ist ein Sachverständiger eine Person, der es nicht besonders gut ansteht, im Pluralis majestaticus zu schreiben. Dennoch: Die Gliederung half Krumer, seine Fragen an den Beschuldigten nicht nur zu formulieren, sondern sogleich zu ordnen. Dazu wollte Krumer sich zunächst den letzten Teil vornehmen, um davon ausgehend im zweiten Teil des Gutachtens die Belege aufzusuchen und zu bedenken. Doch es blieb zunächst bei dieser Absicht. Der Text las sich so flüssig, dass Krummer aufpassen musste, das Gutachten nicht wie eine Geschichte zu lesen.

Der Angeklagte: Die Vorgeschichte

Etwa zur selben Zeit lag Arco Ünsal Duyan in der Justizvollzugsanstalt zu Köln auf seinem Bett und vertiefte sich in das Gutachten. Eigentlich wäre es treffender festzustellen, dass Ünsal dies versuchte. Sein Pflichtverteidiger hatte ihm das Gutachten auf sein Verlangen als Kopie hinterlassen. Die Änderung der eigenen Misere von anderen zu verlangen, ist ebenso einfach wie unwirksam. Jedenfalls war das Duyans Standpunkt. Ausführlich waren er und sein Rechtsanwalt in der vergangenen Woche das Gutachten durchgegangen. Das Vertrauensverhältnis beider zueinander war jedoch nicht das beste. Das war der Grund, weshalb Duyan das Gutachten nochmals Zeile für Zeile las. Er zweifelte daran, dass sein Rechtsanwalt für ihn wirklich eintrat. Wohl deshalb befolgte er sicherheitshalber dessen

Rat, das Gutachten nochmals durchzusehen und herauszufinden, welche Passagen aus Sicht des Angeschuldigten
nicht den Tatsachen entsprachen und welche Passagen
Duyan aus prozesstaktischen Gründen in Frage stellen
könnte. Aber Ünsal zog es vor, das Gutachten so durchzu-
gehen, als ob er sich allein zu verteidigen habe. »Selbst ist
der Mann!«, das war seine Devise, so lange er handeln
konnte. Schließlich hatte er sich seinen Verteidiger weder
gesucht noch hatte er ihm den Auftrag erteilt, ihn zu verteidigen. Nachdem er im Wörterbuch gelesen hatte, was
eigentlich Mandat bedeutet – dieses Wort führte der Verteidiger immer wieder an - hatte Duyan nur noch ein her-
ablassendes Lächeln übrig. Nein! Wenn es irgendwas zu
verteidigen gäbe, dann sei es seine Ehre. In den Vorgesprä-
chen zwischen Duyan und seinem Rechtsanwalt hatte das,
worauf Ünsal so stolz war, jedoch keine Bedeutung ge-
wonnen. Deswegen argwöhnte er und fühlte sich doch zugleich immer wieder darin bestätigt, dass der Rechtsanwalt
für die Paragraphen, er selbst jedoch für die Sache zustän-

dig sei. Wie noch allenthalben deutlich werden wird: Zuviel Vertrauen ist häufig eine Dummheit. Zuviel Misstrauen ist immer ein Unglück.

Duyans Blick fing sich an jener Stelle der gegenüber liegenden Wand, an der irgendwer vor seiner Zeit in der Untersuchungshaft ein Poster geklebt hatte. Wie oft war er die vier Schritte längs und die drei Schritte quer der ihm zugewiesenen Zelle in der Haftanstalt abgeschritten? Ein Tisch, ein Stuhl aus Kiefernholz, ein heruntergekommener Metallspind und das durchgelegene Bett - das war seit zehn Wochen seine Welt geworden. Links neben der Tür waren das Waschbecken und die Toilette durch einen dunklen, unansehnlichen Plastikvorhang von der übrigen Zelle abgetrennt. Duyan hatte den Vorhang stets zugezogen gehalten, damit er nicht den Spiegel sehen konnte, der eigentlich lediglich eine Platte glänzenden Metalls war – unzerbrechlich, nicht zertrümmerbar. Im Laufe der Zeit waren diesem Spiegel verschiedene Dellen und Beulen zugefügt worden. Ünsal mochte sein Gesicht nicht sehen. Zu oft höhnte ihm Abscheu entgegen, wenn er sich im Spiegel betrachtete. Und so sah er nicht – nein, wusste er nicht - wie er in den letzten Wochen an äußerlicher Attraktivität verloren hatte. Unwissenheit gebiert Misstrauen, Feindseligkeit und Abscheu. Unwissenheit ist auch die Mutter der Angst.

Das Fenster hielt Ünsal Tag und Nacht gekippt. Und dennoch hätte ein Eintretender die Luft in der Zelle als übel riechend wahrgenommen. Der Zellengeruch wurde nicht allein durch die Transpiration von Ünsals Füßen verursacht. Der Rauch der Zigaretten, die sich Ünsal zwischenzeitlich zu drehen gelernt hatte, war für die schlechte Luft in dem kleinen Raum ebenso maßgeblich wie ausschlaggebend. Und es kam seiner Erniedrigung gleich, als Ünsal lernen musste, Zigaretten selbst zu drehen. Er verachtete dies, wenn er seinem Verlangen gehorchen und rauchen wollte. Hass und Verachtung trug Ünsal allenthalben mit sich herum. Sie lagen auf ihm wie ein Briefbeschwerer auf einem Blatt Seidenpapier. Sein Atem ging schwer. Er hatte nicht das Geld, um sich Zigaretten aus dem Automaten zu ziehen. Dafür hätte er täglich mindestens fünf Mark zur Verfügung haben müssen. Er hatte sich kaum jemals darum gekümmert, wie er sich einschränken konnte; nein er wollte es gar nicht lernen. Dass er es nun musste – und nicht nur im Hinblick auf seine Rauchgewohnheiten – kränkte Duyan; und das verschmähte er an sich. Denn entgegen jeglicher Voraussetzung war es ihm bisher immer wieder möglich gewesen, auf großem Fuß zu leben.

Im Allgemeinen war tagsüber die Zellentür geöffnet, so dass Ünsal in den Fernsehraum gehen konnte, der für ihn und seine Mitgefangenen verfügbar war, um sich abzulenken und Gemeinschaft mit den ebenfalls einsitzenden Untersuchungshäftlingen zu pflegen. Er mied indessen weitgehend den Kontakt zu ihnen. Wenn er hörte oder aus seinem Fenster zu sehen bekam, wie sich die Mitinsassen aus verschiedenen Zellen ihre materiellen Zuwendungen übergaben, wie sie handelten und sich gegenseitig betrogen, dann empfand er tiefe Aversion, als einer von ihnen gelten zu müssen. Nicht ohne Geringschätzung bezeichnete er seine Mitgefangenen distanziert als Kriminelle.

Kurz nach dem Mittagessen hatte Ünsal den diensthabenden Beamten darum gebeten, seine Tür zu verschließen, damit er seine Unterlagen ungestört und für sich allein durchsehen konnte. Der diensthabende Beamte erfüllt ihm diesen Wunsch. Ünsal gingen tausend Gedanken gleichzeitig durch den Kopf. Viermal hatte er nach Hause geschrieben, doch es war keiner seiner Briefe beantwortet worden. Ob wohl Adnan, sein nun schon zwanzig Monate alter Sohn, jetzt schon deutlicher sprechen konnte als im Sommer? Wie viele Worte oder gar ganze Sätze würde er von sich geben können? Würde er auch ein paar Brocken deutsch sprechen? Und wie ist es überhaupt mit seinem deutschen und türkischen Sprachverständnis? Was wird ihm Fulya, Ünsals Frau, wohl geantwortet haben, falls Adnan sie nach seines Vaters Abwesenheit fragte?

Einmal hatte Ünsal Besuch bekommen - von Oktay. Schwer zu sagen, welchen Charakter das Verhältnis zwischen Ünsal und Oktay hatte. Offiziell bezeichneten sie sich als Freunde. Eigentlich aber war Ünsal ein Angestellter, ein Bediensteter von Oktay, seinem Geldgeber. Beide waren gleichaltrig und hatten das beiderseits verbindende Bedürfnis, möglichst auf leichte Art und Weise zu viel Geld zu kommen. Es gehörte zu ihren Grundeinstellungen, auf möglichst großem Fuße zu leben. Aus dem Blickwinkel eines Dritten lebten sowohl Ünsal als auch Oktay über ihre Verhältnisse. Während aber Oktay eine finanziell und sozial einflussreiche Großfamilie stützend im Hintergrund hatte, war Ünsal mit seiner Familie auf Oktay weitgehend angewiesen. Fulya wollte wegen Adnan nicht arbeiten. Offiziell lebten die Duyans lange Zeit von Arbeitslosengeld. Oktay, der sein schweres, sportliches Motorrad über alles liebte, überließ es Ünsal, Aufträge für sein Transportunternehmen anzuheuern, Aufgaben des Dispatchers zu übernehmen und bei Bedarf sich auch selbst hinter das Steuer-

eines der LKWs zu setzen. Dafür bekam Ünsal ein Mehrfaches an Verdienst als für Arbeitslosengeld oder für seine gelegentliche Arbeit als fliegender Verkäufer.

Während des knapp eine halbe Stunde dauernden Besuches hatte Oktay Ünsal davon berichtet, dass in seiner Ehe der Haussegen schief hinge, denn bei Oktays Frau sei nun doch ein bösartiger Knochenkrebs festgestellt worden. Ünsal war von dieser Nachricht sehr betroffen, so dass er gar nicht Oktays Bitte um Verständnis um sein geringes Engagement mitbekommen hatte, in Ünsals Angelegenheit irgendwie zu helfen.

Während Oktay redete, war Ünsal vornehmlich mit sich selbst beschäftigt. Ganz vage spürte er aber doch, dass Oktay mit seinem Besuch eine Pflicht zu erfüllen beabsichtigte, derer sich Oktay eher gezwungenermaßen als gern entledigte. Von wirklicher Anteilnahme an seinem Ergehen konnte Ünsal nichts spüren. Das Gespräch blieb an der Oberfläche. Auf jene anteilnehmende, tragfähige Männerfreundschaft, die Solidarität schafft und selbst die auswegloseste Lage erleichtert, hatte Ünsal während der ersten Wochen seiner Untersuchungshaft gehofft. Selbst die bittersten Worte, die zwei Freunde einander sagen, wirken nicht annähernd so trennend wie die unausgesprochenen, die der eine vom anderen vergeblich erhofft. Überhaupt hob sich allmählich Ünsals Schleier, den er unwissend und gutwillig über den Charakter seines Verhältnisses zu Oktay gelegt hatte: Ünsal konnte sich dessen nicht erwehren, dass Jari vielleicht doch die Sache besser durchschaut zu haben schien, wenn er Ünsal von Zeit zu Zeit riet, nicht all zu viel im Spiel seines Lebens auf die Karte Oktay zu setzen. Letztlich reiche es nicht aus, lediglich Landsleute zu sein. Für gegenseitiges Einstehen, stabile Freundschaft und helfendes Miteinander ist zwischenmenschliche Zuverlässigkeit die alles entscheidende Grundlage. Eine solche Zuverlässigkeit ist nicht nur wie eine wertvolle Münze in der Hand. Sie ist gleichsam eine Garantie dafür, dass der Andere im guten Glauben handelt – auch in der Zukunft.

Als Ünsal wieder mit sich allein in der Zelle war und Oktays Besuch in seiner Erinnerung wieder wach werden ließ, wurde ihm der Hintergrund dessen einigermaßen deutlich, was Oktay ihm hatte eigentlich sagen wollen: Er habe Ünsal schlechterdings nicht helfen können. Finanziell stünde es bei ihm gegenwärtig nämlich nicht zum Besten. Und Ünsal spielte einmal mehr mit dem Gedanken, dass er nicht hätte hier sein müssen, wenn Oktays Frau ihm das Geld zurückgegeben hätte, das er für das gemeinsame Unternehmen hatte aufbringen müssen. Es ging um den Erwerb von LKWs und den Profit, der damit am Finanzamt vorbei zu machen sei. Oktays Frau war gegenüber dem Finanzamt die Besitzerin der vier LKWs des Fuhrparks, den Ünsal gern als Teilhaber und nicht als Schwarzarbeiter von Oktays Gnaden verwaltet und daran verdient hätte. Ja, Ünsal wollte Teilhaber werden an diesem Unternehmen, nicht mehr nur Angestellter ohne Arbeitsvertrag sein.

Um jeden Preis wollte Ünsal ein Wer werden; ihn verlangte es nach Freiheit und Unabhängigkeit wie schon vor zehn Jahren, als er sich gegen den entschiedenen Willen seines Vaters nach Deutschland absetzte, ohne jede Garantie für seine Zukunft. Aber von dieser seiner großen Sehnsucht hatte er niemals Oktay auch nur ein Wort anvertraut. Denn beide verband schließlich der unbedingte Wille zum Besitz. Und da beide dafür wenig Voraussetzungen mitbrachten, waren sie bereit, nicht nur legale Mittel zu gebrauchen, um ihre Ziele zu erreichen. Im Grunde genommen hätte Ünsal mit Oktay darüber gern reden wollen – sozusagen das Ausgangskapital und die Bilanz der gegenseitigen Verbindung aus seiner Sicht darlegen wollen. Aber Ünsal brachte dazu den Mut nicht auf. Er blieb mit sich und diesen Problemen allein.

So war er es denn zufrieden, dass die dreißig Minuten seines Besuches recht bald vorbei gewesen waren, als er wieder in seine Zelle zurückgeführt wurde. Wie oft schon hatte er über diesen Besuch gegrübelt! Er hatte sich die Begegnung im Knast ganz anders vorgestellt, aufbauend. Er

hatte sich Beistand gewünscht. Wer denn, wenn nicht Ok-

tay, sollte für Adnan Vaterersatz übernehmen können? –

Mit dieser bangen Frage bemühte sich Ünsal, seine Auf-

merksamkeit wieder dem Gutachten zuzuwenden. Er las

aber mehr über die Zeilen hinweg. Doch als Ünsal zu den

Ausführungen gelangt war, die die Überschrift „Aktenaus-

zug" trugen, war er plötzlich hell wach. Er las:

Arco Ünsal Duyan, geboren am 1. Januar 1964 in

Antakya, tötete in der Nacht des 27. August 1998

den 57;1 Jahre alten Dr. Jari Ben Maubesor in

dessen PKW auf dem Parkplatz an der B 27 zwi-

schen Langenfulda und Meihingen. Der Tod

durch Erwürgen trat laut Obduktionsbericht ge-

gen 23 Uhr ein (Blatt 61 ff.). Herr Duyan bekennt

sich, der Täter zu sein. Er wird wegen Totschla-

ges angeklagt.

Der Angeklagte verständigte am Morgen des

28.8. gegen acht Uhr die Polizei, nachdem er

kurz vorher noch seinen Geschäftsführer, Herrn Oktay Kuru, aufgesucht und ihm mitgeteilt hatte, dass er seinen Partner getötet habe. Die Polizei fand die mit weißem Oberhemd, Binder und dunkler Anzugshose bekleidete Leiche von Dr. Jari Ben Maubesor in seinem Auto. Weitere Verletzungen, Spuren eines Kampfes oder Gegenwehr konnten nicht festgestellt werden. Ein lokaler Rundfunksender war im Auto des Getöteten noch eingeschaltet (Blatt 11).

Laut Auskunft von Herrn Duyan in der polizeilichen Vernehmung (Blatt 23 - 32) bestand die Bekanntschaft zu Dr. Maubesor seit etwa sieben Monaten. Der Angeklagte bezeichnete das Opfer als »seinen Partner«. Ein homophiles Beziehungsverhältnis zwischen ihm und seinem Opfer wird von Herrn Duyan nicht in Abrede gestellt.

Herr Duyan habe am 29.04.98 im Anschluss an einen Restaurantbesuch und anschließender intimer Begegnung im Büro des Oktay Kuru seinen Freund, Dr. Jari Ben Maubesor, gebeten, ihm zwanzigtausend MARKzu leihen. Er wolle sich einen gebrauchten BMW 500 kaufen. Am 01.05.98 hat Dr. Maubesor einen Scheck in Höhe von elftausend MARKausgestellt und Herrn Duyan mit einem Begleitschreiben durch die Post zustellen lassen. Dem Schreiben des Dr. Maubesor (Blatt 20) ist zu entnehmen, dass er von Herrn Duyan den Kfz-Brief des Autos als Pfand für das Darlehen einforderte. Der Scheck ist am 05.05.98 eingelöst worden.

In seiner Vernehmung vom 2. September 1998 bestritt Herr Duyan die Existenz eines Begleitschreibens (Blatt 26). Die elftausend Mark habe er nämlich von Dr. Maubesor wegen seiner sexuellen Dienste für Herrn Dr. Maubesor bekommen. Dabei verwickelte sich Herr Duyan in Widersprüche. Gemäß Blatt 147 der Akte sagt der Zeuge Dr. Dahrenwald aus, dass Dr. Maubesor ihn am Morgen des 1. Mai 1998 angerufen und ihn gebeten habe, im Laufe des Nachmittags bei ihm vorbei zu kommen. Dr. Dahrenwald war ein langjähriger und befreundeter Mitarbeiter von Dr. Maubesor. Ihm sei der Charakter von Dr. Maubesors Beziehung zu Herrn Duyan nicht unbekannt gewesen. Er und Dr. Maubesor verabredeten sich für denselben Nachmittag in einem Restaurant. Dort zeigte Dr. Maubesor – so die Aussage des Zeugen Dr. Dahrenwald – ihm einen Scheck in Höhe von elftausend Mark und das Begleitschreiben. In seiner Anwesenheit habe Dr. Maubesor beides in einen frankierten Briefumschlag gesteckt und zugeklebt. Beide seien dann gemeinsam zu einem Briefkasten gegangen, der sich unmittelbar in der Nähe des parkenden Autos von Dr. Maubesor befand. In diesen Briefkasten habe Dr. Maubesor den Brief geworfen und sich dann bei Dr. Dahrenwald nochmals für dessen Zeugenschaft bedankt und verabschiedet.

Aus dem Begleitschreiben (vgl. Blatt 21) geht hervor, dass über die Rückzahlungsbedingungen ausführlich während eines verlängerten Wochenendes in Österreich gesprochen werden solle. Beide hatten nämlich vor, Anfang Juni 98 in die Ferienwohnung des Opfers zu fahren, um dort einige Tage - entfernt von beruflichen und familiären Verpflichtungen - gemeinsam zu verbringen. Das Ergebnis dieser Vereinbarungen ist in einem Brief dokumentiert, den Dr Maubesor per Fax in das Geschäft des Oktay Kuru geschickt hatte (Blatt 45).

Herr Duyan sah sich finanziell nicht in der Lage, diese Vereinbarung einzuhalten, weswegen Dr.

Maubesor mit Schreiben vom 28.06.98 (Blatt 46) einen zum Vorteil für den Schuldner verbesserten Rückzahlungsmodus anbot. In diesem Schreiben verlangte Dr. Maubesor allerdings, dass Herr Duyan den geänderten Vorschlag durch seine Unterschrift nebst Angabe seiner Passnummer bestätigen möge. Während eines Treffens am 05.07.98 in einer Kölner Gaststätte weigerte sich Herr Duyan, der Forderung seines Gläubigers zu entsprechen. Beide Partner trennten sich im Streit.

Am 12.07.98, dem Tag vor Antritt des Sommerurlaubs der Familie Maubesor, rief Dr. Maubesor Herrn Duyan an und nahm ihm das Versprechen ab, wenigstens einen symbolischen Betrag des Darlehens auf das Konto des Dr. Maubesor einzuzahlen. Herr Duyan versprach, dieser Bitte seines Freundes nachzukommen. Das Telefonat wurde von der Ehefrau des Opfers mitgehört (Blatt 55). Frau Uta Maubesor, geb. Müller, hat das Telefonat sinngemäß zu Protokoll gegeben (Blatt 56).

Da bis zum 05.08.98 seitens des Herrn Duyan keine Einzahlung geleistet worden war, rief Dr. Maubesor abermals seinen Schuldner an und setzte ihm eine Frist von drei Wochen. Sollte bis zu diesem Termin keine Einzahlung erfolgt sein, werde ein Rechtsanwalt mit der Angelegenheit befasst werden. Weil Herr Duyan auch diese Frist nicht einhielt, wurde ihm mit Datum vom 25.08.98 ein Schriftsatz des Rechtsanwaltes seines späteren Opfers zugestellt, aus dem hervorgeht, dass das Darlehen zum 30.11.98 gekündigt werde und bei Nichtbeachtung durch Herrn Duyan Strafanzeige wegen Betruges gestellt werde.

Zu dem Kauf eines Autos durch den Angeklagten ist es niemals gekommen. Herr Duyan fährt für dienstliche und für private Zwecke den Geschäftswagen des Herrn Kuru. Aus Herrn Duyans Einlassungen geht hervor, dass er mit Herrn Kuru einen Kauf dieses Geschäftswagens plante. Offensichtlich ist dieser Kauf nicht erforderlich geworden, denn der PKW Mercedes Kombi mit dem polizeilichen Kennzeichen KG-Q-999 wurde nach dem 15.05.98 mit einer Werbeaufschrift versehen, was ihn als Geschäftswagen ausweist. Nach dem gemeinsamen Wochenende in Österreich musste das spätere Opfer feststellen, dass es offensichtlich hintergangen worden war. Dr. Maubesor schien nunmehr mit großer Zähigkeit einen Rückzahlungsmodus des Darlehns erreichen zu wollen. Jedenfalls habe Herr Duyan gemerkt, dass sich etwas in Dr. Maubesors Verhalten ihm gegenüber geändert habe.

Vermutlich unmittelbar im Anschluss an den Besuch des Dr. Maubesor bei seinem Rechtsanwalt vereinbarte er mit Herrn Duyan ein Treffen auf dem vorgenannten Parkplatz. Nach Aussagen des Angeklagten fanden sich beide am 27.08.98 gegen 20:30 Uhr dort ein. Gemäß diesen Einlassungen seien beide etwa eine reichliche Stunde im Wald spazieren gegangen. Während des Spazierengehens sei nicht nur die Rückzahlungsangelegenheit besprochen worden. Viel wichtiger sei für Herrn Duyan ein Gespräch darüber gewesen (Blatt 32 ff), weshalb Dr. Maubesor tatsächlich einen Rechtsanwalt eingeschaltet habe. Während dieser Unterredung, die anfangs noch nicht affektgeladen verlaufen sei, habe Dr. Maubesor auch mitgeteilt, dass er gedenke, Herrn Duyans Frau von den homosexuellen Aktivitäten ihres Mannes zu informieren. Schließlich wollte - so die Aussage des Herrn

Duyan (Blatt 33) – Dr. Maubesor auch nicht zögern, das Gericht über die verschiedenen illegalen Verdienste des Herrn Duyan zu informieren. Während des Spazierganges habe Einigkeit darüber bestanden, zurück zu den Autos zu gehen und im Wagen des Dr. Maubesor das Gespräch fortzusetzen. Es sei Herrn Duyans Ziel gewesen, gegenüber Dr. Maubesor keinerlei Zusagen zu machen. Vielmehr wollte er, Duyan, erreichen, dass Dr. Maubesor das Mandat von seinem Rechtsanwalt zurückverlange. Unter Freunden müsse man sich vertrauen.

Entgegen der beiderseitigen Erwartungen sei es im Auto zu einer heftigen verbalen Auseinandersetzung gekommen, in deren Verlauf Herr Duyan seinen Freund erwürgte. Duyan habe ihn nicht töten wollen und könne sich die Tat nur so erklären, dass er die Aussichtslosigkeit seiner Lage erkannt und plötzlich rot gesehen habe.

Unmittelbar vor der Tat, als beide auf dem
Rücksitz im Auto des späteren Opfers saßen, habe
Dr. Maubesor den Angeklagten schlagen wollen.
Herr Duyan sei erst etwa drei Minuten nach der
Tat zu sich gekommen, als er mit beiden Händen
seines Freundes Hals hielt und er schon tot war
(Blatt 31).

In einem der Ablagekästen im Arbeitszimmer des
Dr. Maubesor wurden mehrere handschriftliche
Unterlagen, insbesondere Kalkulationen
gefunden (Blatt 43 - 46). Ihnen ist zu entnehmen,
dass die Rückzahlung der elftausend Mark in
Beträgen von 200 Mark bis maximal 500
monatlich erfolgen sollte, dass mit der Zahlung
erst ab Juni, in einer anderen Version erst ab
Oktober, begonnen werden sollte. Sodann finden
sich Notizen über Goldschmuck im Werte von
4.000 Mark und von einer HiFi-Anlage im Werte
von 1.500 Mark. Der Angeklagte gab zu diesem

Sachverhalt zu Protokoll, dass er diese Sachen Herrn Dr. Maubesor überlassen wollte, um seine Schulden abzutragen.

Oktay Kuru, einer der inoffiziellen Arbeitgeber des Angeklagten, berichtete, dass Herr Duyan am Freitagmorgen, dem 28.08.98, um 7 Uhr zu ihm kam und mitteilte, dass er Dr. Jari Ben Maubesor umgebracht habe. Herr Duyan habe einen verlangsamten Eindruck gemacht, so, als ob er Schlaftabletten genommen hätte. Herr Duyan habe mit Jari Krach gehabt, weil sein Freund, wie er Dr. Maubesor erstmals gegenüber Herrn Kuru bezeichnete, von ihm nachdrücklich einen Teilbetrag des zurückzuzahlenden Geldes verlangte. Zumindest aber habe Dr. Maubesor konkrete Rückzahlungsbedingungen festlegen wollen. Herr Duyan habe mehr um Verständnis als um Entschuldigung oder gar Rechtfertigung gerungen, als er gegenüber Herrn Kuru

nachdrücklich erklärte, dass er – Duyan – zu
Rückzahlungen gar nicht in der Lage sei.

Der psychiatrische Sachverständige Dr. Wiltgens,
der Herrn Duyan untersuchte, stellte eine leicht
überdurchschnittliche Intelligenz und Hinweise
auf eine gehemmte, passiv-aggressive
Persönlichkeitsstruktur fest. Er diagnostizierte
eine »Persönlichkeitsstörung mit selbstunsicher-
dependenten wie auch passiv-aggressiven
Anteilen« (Blatt 113). Weiterhin stellte er
Verhaltensmuster fest, »die eine Affektstauung
begünstigen«. Der Tat vorangegangen sei eine
Drohung des Dr. Maubesor, das gemeinsame
gleichgeschlechtliche Beziehungsverhältnis
öffentlich zu machen, indem er Kontakt zur
Ehefrau des Angeklagten aufnehmen werde und
ihr sowohl die Schulden ihres Mannes als auch
den Charakter des beiderseitigen
Beziehungsverhältnisses offenbaren werde. Da

der Angeklagte seine homosexuelle Neigung als sein größtes Geheimnis stets für sich behalten hat und nun enttarnt werden sollte, sei nicht auszuschließen, dass es zum Zeitpunkt der Tat zu einem »aggressiven Affektdurchbruch« gekommen sei (Blatt 117). Aufgrund einer »schweren anderen seelischen Abartigkeit« könnten die Voraussetzungen des § 21 StGB zum Tatzeitpunkt nicht sicher ausgeschlossen werden.

Aus den Akten geht weiterhin hervor, dass gegen Arco Ünsal Duyan verschiedentlich wegen finanzieller Dinge ermittelt wurde bzw. derzeit noch werde. Herr Duyan ist hoch verschuldet. Die Angaben über den Schuldenberg schwanken zwischen 50.000 und 80.000 DM. Es ist nicht auszuschließen, dass Herr Duyan weitere Beziehungen zu vermögenden Männern eingegangen ist, um von ihnen Geld zur Rückzahlung seiner Schulden zu erwerben.

Ebenso wenig ist auszuschließen, dass Herr Duyan von kriminellen Organisationen, die von seinem Heimatland aus in Deutschland operieren, erpresst wird. Im Jahre 1997 war ein Verfahren wegen Brandstiftung eingestellt worden. Im damaligen Ermittlungsverfahren (Az 53 Js 5125/87) wurde von einem Vetter des Angeklagten und dessen Cousine zu Protokoll gegeben, Arco Ünsal Duyan sei »unberechenbar«, »sehr jähzornig veranlagt« und »nicht richtig im Kopf« (Blatt 73 bis 76 der Beiakte).

Der Sachverständige: Die Anamnese

Einer, dem das triste novemberliche Sonntagswetter fast gar nicht berührte, ist Dr. Moritz Staller. Nach einem ausgiebigen Mittagsschlaf genoss er die akustisch vorzügliche Übertragung eines Jazzkonzertes im Rundfunk. Ob das Konzert als solches besonders vorzüglich war, mag dahin gestellt sein. Man hätte auch ein Opernkonzert oder eine Volksmusikstunde eingestellt haben können. Die Übertragungsqualität wäre vergleichbar brillant gewesen. Staller hatte beim Kauf des Tonmöbels Wert auf hohe Qualität gelegt. So waren seine Ansprüche. Es entsprach generell seinem Lebensstil, das nur das Beste seinen Bedürfnissen gerecht werden kann.

Nun sitzt, nein, liegt Staller auf seiner komfortablen Couch, die Füße auf dem Palisandertisch abgestützt, sein Gutachten über Duyan in den Händen haltend. Er hat wirklich nicht die richtige Lust, seine eigene Expertise über diesen Fall Duyan zum wiederholten Male durchzusehen, um auf die möglichen Fragen seitens des Gerichts, der Staatsanwaltschaft oder der Verteidigung angemessen antworten zu können. Um so nachhaltiger empfand er die typische sonntägliche Langeweile. Sie ist die Halbschwester des Müßiggangs, die solche am meisten quält, die nichts Rechtes mit sich anzufangen wissen, weil sie den Verdruss im Umgang mit anderen ebenso fürchten wie die Anstrengung der Selbstbeschäftigung. Kurzum: Dr. Staller wusste nicht so recht, was er eigentlich wollte.

Die Untersuchung selbst ist Staller noch in sehr guter Erinnerung geblieben, obgleich sie schon wenigstens 10 Wochen zurück liegt. Der Sachverhalt war ihm ungewöhnlich unter die Haut gegangen. Der Fall war allenthalben war: Duyan war der Täter, Maubesor das Opfer. Und dennoch fühlte er kaum erkennbar ein wenig mehr Verständnis für den Täter als für das Opfer. Lag es daran, dass Staller mehr über Duyan wusste als über Maubesor oder war es eher seine soziale Gesinnung, sein Mitfühlen, wenn Menschen in ein Netz verwickelt sind, das sie selbst geknüpft haben? Aber das dürfe er sich nicht anmerken lassen, wenn er nicht als Sachverständiger wegen Besorgnis der Befangenheit abgelehnt werden wollte.

Das Besondere, ja schwer Nachvollziehbare an diesem Fall war die Entwicklung des Beziehungsverhältnisses dieser beiden so ganz ungleichen und gänzlich verschiedenen Persönlichkeiten. War Maubesor jener Mann, der den Zenit seines Lebens nun schon einige Jahre überschritten und seine gleichgeschlechtliche Orientierung zu spät erkannt hatte? Was hatte Maubesor dazu ermutigt, ja veranlasst, entgegen seiner sonstigen Korrektheit einen so ansehnlichen Geldbetrag jemanden zur Verfügung zu stellen, um dessen finanzielle Verhältnisse er lediglich insoweit Bescheid wusste, als dass Duyans Rückzahlungs-Möglichkeiten mit einem erheblichen Risiko verbunden waren? Auf diese Fragen hätte nur Maubesor eine Antwort geben können. So aber würde man morgen wahrscheinlich den Versuch einer hypothetischen Antwort von Staller erwarten. Spekulation ist der Zauber selbst des wissenschaftlichen Arbeitens, und sie blickt gelassen auf die nüchterne Wirklichkeit und die Leere des Verstandes herab. Und Staller wusste nur allzu gut, dass Spekulation das ist, was Alltagspsychologie heißt, nämlich gesunder Menschenverstand, der oftmals gegenüber seiner akademischen Disziplin im Widerspruch steht. Diese Synthese von Spekulation und Argumenten oder Erkenntnissen seines Faches beherrscht Staller unübertrefflich. Das ist es wahrscheinlich, was ihn so erfolgreich macht – weniger bei seinen Kolleginnen und Kollegen als bei den Vertretern der Rechtsdisziplinen.

Dr. Staller zog der forensische Sachverhalt aus der Perspektive des Täters weitaus mehr an als etwa die Begutachtung der glaubhaften Zeugenaussage von Kindern und Jugendlichen. Also ging er ebenso neugierig wie motiviert an das Projekt ‚Begutachtung des tötenden Täters'. Das war der an ihn ergangene Auftrag des Gerichts.

Wie konnte es Ünsal in einem Zeitraum von weniger als zwei Monaten möglich geworden sein, ein derartig großes Vertrauen seines späteren Opfers zu gewinnen, so dass Ünsal schon nach seinen eigenen Worten ihrer Bekanntschaft ohne große Anstrengungen die elftausend Mark erhielt? Welche psychischen Mechanismen wirkten dabei im Hintergrund? War es hauptsächlich die

Befriedigung von Jaris sexuellen Bedürfnissen, die er verdeckt ausleben wollte? War es Ünsals Gefühl, in Maubesor so etwas wie einen Vaterersatz gefunden zu haben, so dass er mit der Selbstverständlichkeit eines Sohnes von seinem Vater das Geld verlangt hatte? War es die kulturelle oder gar religiöse Maxime türkisch erzogener Menschen, um Hilfe zu bitten und Hilfe zu gewähren, wann und wo immer sie erforderlich wird? Welches Erfordernis lag wirklich vor, um Duyan mit der leihweise Überlassung eines derart stattlichen Betrages Hilfe zu geben? Dr. Staller fiel bei dieser Frage der Appell des Ministers in Beethovens »Fidelio« ein, wenn dieser musikalisch wie textlich klassisch vorträgt: Es hilft der Bruder seinen Brüdern, und kann er helfen, hilft er gern. – Ja, auch in der deutschen Klassik war die Bitte um Hilfe das Recht des Ärmeren und Hilfe zu geben das Gebot und die Tugend des Besitzenden! Oder – und das hätte ein weiteres Motiv für Duyan gewesen sein können – hatte er sich das Geld nur erschlichen, um gleichzeitig mit seinen homosexuellen Bedürfnissen seine erheblichen materiellen Besitzbedürfnisse zu stillen?

Neben Dr. Staller roch es verführerisch nach Kaffee. Er hatte sich ein Kännchen frisch aufgebrüht und genoss den Kaffee Schluck um Schluck aus seiner Meißener Tasse mit dem Weinlaubmuster. Nur an den Sonntagen zelebrierte er sich den Kaffee auf diese Weise. Eine Kassette von vieren, mit denen die mehr als fünfstündige Untersuchung aufgezeichnet worden war, wollte Staller von der Couch aus bei Bedarf über die HiFi-Anlage hören und sich nochmals den Originalton von Duyans Einlassungen in Erinnerung rufen. Was ihm von diesem Duyan noch als bleibender Eindruck haften geblieben war, das ist seine klare, ehrlich wirkende Stimme, sein männlich-kräftiger Händedruck, aber auch der Ansatz seines leichten Lächelns, das mit dem Wort hochmütig nur unzulänglich beschrieben wird. Dr. Staller hätte diesen Duyan um die Vierzig geschätzt, kennte er nicht das in der Akte festgehaltene Geburtsdatum.

»Mit dem Geburtsdatum dieses Menschen ist es so eine Sache!«, behauptete Staller im Zwiegespräch mit sich selbst. Unlängst hatte er zu dieser Frage recherchiert, weil in einem Gespräch unter seinen Mitarbeitern darüber gesprochen worden war, weshalb ausgerechnet so viele türkische Mitbürger am ersten Januar ihren Geburtstag haben. Staller hatte dann verschiedene Menschen aus der Türkei gefragt, ob ihnen diese Häufung der Geburtstage insbesondere jüngerer Landsleute auch schon aufgefallen sei. Der erste Januar sei in aller Regel ein nicht wirklicher Geburtstag, habe Staller in stoischer Befragungs-Manier wiederholt zu erfahren bekommen. Man habe sich das aus den Konflikten der türkischen Bevölkerung zu erklären. Jesus sagte einmal: »Gebt des Kaisers, was des Kaisers ist und Gott, was Gottes ist.« Und ohne sich auf diese These zu berufen, werde der Geburtstag der Kinder in Übereinkunft zwischen Eltern und Staat auf den ersten Januar festgelegt. Dies habe folgende Bewandtnis:

Damit sexuelle Beziehungen zwischen Paaren legalisiert und der Ehestand gemäß der religiösen Überlieferung der Türkei amtlich werden, gehen viele junge Türkinnen mit ihrem Partner die Ehe zunächst nach islamischem Ritus ein. Sie ist Religion in der Türkei, der die meisten Bürger angehören. Doch in der Türkei ist die Kirche vom Staat streng getrennt, wiewohl die Religion einen großen Einfluss auf das Leben in der Türkei ausübt. Der Staat erkenne beispielsweise die Lebensgemeinschaft zwischen Frau und Mann nur dann als Ehe an, wenn der Ehevertrag vor einer staatlichen Behörde geschlossen worden sei. Erst dann, so hatte es Dr. Staller kundig gemacht, würden zwischenzeitlich geborene Kinder als ehelich geboren anerkannt werden. Ein Konflikt zwischen der islamischen Religion, dem Staat und einem Teil seiner Angehörigen ist die zwangsläufige Folge dieser doppelten Buchführung. Es geht dabei nicht zuletzt um finanzielle Abgaben. Der Konflikt werde dadurch gelöst, dass der Staat regelmäßig eine Amnestie erlasse, in deren Folge der Geburtstag der zwischenzeitlich geborenen Kinder auf den ersten Januar festgelegt und damit die legale Existenz dieser Bürger bestätigt werde.

»Schwer nachzuvollziehen.«, räsonierte Staller. »Also, die jungen Leut von heut wollen wie überall auf der Welt miteinander ins Bett. Das geht aber nur, wenn die Eltern darauf bestehen, sich islamisch trauen zu lassen. Wenn dann ein Kind kommt, gilt es als unehelich, weil in der Türkei eine Ehe staatlich geschlossen werden muss, wenn die Kinder als ehelich gehen sollen ... Mmh! Der Staat aber weiß, dass die Kinder in vielfacher Weise benachteiligt sind, wenn sie als unehelich gelten. Also greift er zu einem Trick, den man auch als verlogen bezeichnen kann: Die Eltern werden staatlich getraut und bereits geborene Kinder bekommen den ersten Januar als Geburtsdatum ... Das mag verstehen, wer will! «

Dr. Staller hielt diese Art staatlicher Konfliktlösung für zumindest interessant, wenn auch scheinheilig. Könnten doch auf diese Weise viele Türken scheinbar verjüngt oder aber älter gemacht werden. Und Staller fragte sich ebenfalls, ob wohl Dr. Maubesor angenommen hatte, dass Duyan eigentlich deutlich älter sei als 30 Jahre. Staller wusste sehr wenig von den formellen und informellen Umgangsformen jener Vielen, die sich in Deutschland dem Islam gegenüber verbunden fühlen oder doch zumindest in der davon ausgehenden Atmosphäre erzogen wurden. Ob und inwieweit Duyan ein Glied in diesem Geflecht sozialer, kultureller und wertebezogener Gebote und Verbote war und welche Zusammenhänge mit dem Tatgeschehen wirklich bedeutsam waren, darauf vermochte Dr. Staller keine ihn selbst zufriedenstellende Antwort zu geben. So hoffte er, dass er morgen bei Gericht nicht danach befragt werde, wie er die Sozialisation von Duyan beurteile.

Ein weiterer Umstand kam hinzu, der in Dr. Staller eine heftigen Widerspruch erzeugte. »Da reden unsere Politiker von Religionsfreiheit und Integration. Integration heißt für sie, wenn die neu Angekommenen einigermaßen Deutsch sprechen können und in einen Job vermittelt werden können ... Mit dieser Art der religiösen Verbundenheit integrieren sich doch die neu nach Deutschland kommen niemals. Da prallen doch zwei kulturell und religiöse unähnliche Wertvorstellungen frontal aufeinander ... Sex nur in der Ehe! Die Mutter sucht traditionell die Braut für den Sohn aus. Man heiratet islamisch und wird von einem Imam getraut. Kinder werden aber unehelich geboren, weil eine Ehe in der säkularen Türkei staatlich geschlossen wird. Das weiß der Staat und segnet dieses historisch überholte Ritual dadurch ab, dass er im Hinblick auf das Geburtsdatum die Möglichkeit einräumt, die Ehelichkeit der Geburt eines Kindes auf das Jahr festzulegen, in dem die Ehe staatlich geschlossen wurde.« - Dr. Stadler hoffte, bei diesen Recherchen unrichtigen oder halbwahren Informationsquellen aufgesessen zu sein. Aber:

Fragen solch allgemeiner Art waren vor Gericht an der Tagesordnung, wenn Richter zum Tatmotiv keine bündige Erklärung fanden. Im Allgemeinen – so Dr. Stallers Erfahrung – lösten sie das damit verbundene Problem dadurch, dass die Rolle des Sachverständigen aufgewertet

wurde. Doch bei Fragen dieser Art hätte sich jeder Sachverständige, so auch Dr. Staller, seines gesunden Men-
schenverstandes bedienen müssen. Sachverstand, der auf
Tatsachen, Erfahrungen und Wissen begründet war, gab es
zu solchen komplexen Fragen nicht. Aber gesunder Menschenverstand wäre zu wenig, um in Duyans Fall zum
Sachverständigen bestellt worden zu sein. Wie aber sollte
Staller dieses Dilemma lösen? Er nahm sich die Passagen
zur Hand in denen Duynas Biographie und zu den Beziehungen zwischen Täter und Opfer niedergelegt worden
waren.

> Herr Duyan berichtete, als jüngstes von fünf
> Geschwistern in Atakya, einer mittleren Groß-
> stadt im Nordosten der Türkei geboren worden
> und aufgewachsen zu sein. Er besuchte fünf
> Klassen der Grundschule. Anschließend sei er
> zur Höheren Schule gewechselt, denn die El-
> tern wollten, dass er nach einigen Jahren als
> Student eine Hochschule besuche. Der ältere

Bruder habe das Zeug für eine akademische Bildung nicht gehabt und für die drei Schwestern sei vorgesorgt worden, indem ihnen gute und gebildete, wohlwollende oder einflussreiche Männer ausgesucht worden seien.

Der Drill in der Schule habe den Schüler Arco Ünsal Duyan verdrossen gemacht, was zu mangelnder Lernmotivation und, damit verbunden, zu einem schulischen Leistungsabfall führte. Es sei auch vorgekommen, dass er vom Unterricht unentschuldigt fernblieb. Die Eltern hätten jedoch davon nichts mitbekommen. Falls sie allerdings davon Kenntnis erhielten, sei Ünsal regelmäßig hart bestraft worden. Am schlimmsten sei für ihn die Nichtbeachtung durch seinen Vater gewesen. Die Mutter habe hingegen zwischen ihm, dem Vater und der Schule zu vermitteln versucht. Herr Duyan befreite sich aus seiner elterlichen Umklammerung dadurch, dass er zunehmend seinen eigenen Weg ging. Er wollte weder ein guter Schüler, noch ein lieber Sohn seiner Eltern sein. Eher war er stolz darauf, sich nach seinem Bilde zu verwirklichen. Schließlich sei er ohne Abschluss von der Schule gegangen, als er fünfzehn Jahre alt geworden war.

Herrn Duyans Vater organisierte die Belieferung der Hotels seiner Vaterstadt mit Fleisch und Wurstwaren. Er war in dieser Funktion eine Art Zwischenhändler, denn er habe gute Verbindungen zu den zahlreichen Viehhändlern seiner Umgebung gehabt. Außerdem betrieb die Familie einen Getränkehandel. Sie seien die ersten gewesen, die in Antakya Cola verkauft hätten, was dem jugendlichen Ünsal mancherlei Beachtung und nicht wenig Chancen eingebracht hätte. Herr Duyan wurde schon frühzeitig angehalten, mitzuarbeiten und auf seine Weise für das wirtschaftliche Wohlergehen der Familie zu sorgen. Freizeit habe er sich stets nehmen müssen, indem er sich den Erwartungen und Anforderungen seiner Eltern widersetzte.

Damals sei er »ein bisschen faul« gewesen und lieber mit seinen Freunden spazieren gegangen. Er habe aufgrund seines guten Aussehens überhaupt keine Schwierigkeiten gehabt, das Mädchen zu bekommen, das er haben wollte. Seine »verführerische Art, anderen in die Augen zu sehen sowie die Länge und der Umfang seines Penis« seien dafür wichtige Hilfsmittel gewesen, wie Herr Duyan genüsslich und nicht ohne Stolz dem Sachverständigen mitteilte.

Im Alter von sechzehn Jahren habe er erstmals sexuellen Kontakt mit einer Freundin gehabt. Sie sei ihm nachgelaufen und habe sehr geweint, als er das Interesse an ihr verloren habe.

Herr Duyan berichtete auf Befragen sehr anschaulich und ausführlich, was er während seines ersten Geschlechtsverkehrs gemacht und wie er das erlebt habe. Das Richtige habe er für die Partnerin nicht empfunden, allerdings habe er sehr viel bei ihr gelernt – nicht, weil sie besonders erfahren gewesen sei, sondern weil sie alles mit sich machen ließ. Diese Gunst habe Herr Duyan zu nutzen gewusst und »einfach alles ausprobiert«, was ihm in den Sinn kam.

Obgleich Herr Duyan bereits als Jugendlicher zahlreiche heterosexuelle Erfahrungen sammelte, sei ihm der gleichgeschlechtliche Kontakt zu seinen Kameraden, mehr noch zu älteren Männern erlebnisreicher und lustvoller gewesen. »Da war etwas in mir, eine Art Verlangen, dem ich keinen Widerstand entgegenzusetzen hatte.« Eigentlich seien diese Kontakte »immer so nebenbei abgelaufen«. Außer Küssen und gegenseitiger Masturbation habe sich nichts abgespielt.

Sein Vater, der von den sexuellen Aktivitäten seines Sohnes selbstredend überhaupt nichts wusste, habe Ünsals beinahe tägliche Discobesuche nicht dulden wollen. So sei es immer häufiger zu Auseinandersetzungen zwischen ihm und seinem Vater und zu über Wochen andauernden Zerwürfnissen gekommen, die schließlich dazu führten, dass Herr Duyan sein Elternhaus verließ und sich in Deutschland ein neues Leben aufbauen wollte. Er habe davon gehört, dass man besuchsweise nach Deutschland einreisen könne, wenn es einem möglich ist, Verwandte mit Wohnsitz in einer deutschen Stadt nachzuweisen. Da Herr Duyan keine Angehörigen in dem Land seiner großen Erwartungen hatte, ließ er sich von einem seiner Freunde die Adresse einer in München lebenden Familie geben. Er nahm Briefkontakt zu einer etwa altersgleichen Tochter dieser Familie auf und ließ sich von ihr einladen. Deren Eltern seien an Duyans Besuch überaus interessiert gewesen, denn sie hielten nach einem geeigneten Schwiegersohn Ausschau, der aus dem Lande der Väter stamme. Er sollte zudem einen soliden finanziellen und elterlichen Hintergrund aufweisen und noch dazu gut und männlich aussehen.

Zuvor aber habe Herr Duyan in der Heimat seinen Wehrdienst abzuleisten gehabt. Er sei in einer gottverlassenen Gegend stationiert gewesen. Seine bisherigen Lebensgewohnheiten habe er dort völlig an den Nagel hängen können. Außer Sport, dem er nicht besonders zugetan war, und Fernsehen habe es für ihn überhaupt keine Freizeitbeschäftigungen gegeben. Einmal sei es zu einer schwerwiegenden Auseinandersetzung zwischen ihm und mehreren Soldaten gekommen, weil diese stets etwas gegen Alkohol gehabt hätten. Dabei habe Herr Duyan einen seiner Zimmergenossen das Nasenbein zerschlagen und einen anderen mit einem Tritt an der Leber verletzt. Die Schlägereien habe Herr Duyan aber nicht begonnen, wie er überhaupt ein Feind aller Gewalttätigkeiten sei. Vielmehr habe er aus Notwehr gehandelt. Er habe dennoch zehn Tage Bau als Strafe bekommen.

In den Tagen seiner Isolation verlangte Herr Duyan ein Gespräch mit dem Kommandeur seiner Einheit, um sich zu rechtfertigen und klarzustellen, »wie es eigentlich richtig abgelaufen« sei. Statt des Kommandeurs habe ihn lediglich der Stabsoffizier besucht. Dagegen habe Herr Duyan protestiert, denn er fühlte sich an der Nase herumgeführt. Im Verlaufe dieses Gesprächs sei es zu Handgreiflichkeiten gegenüber seinem Vorgesetzten gekommen. Ihm seien »da richtig die Nerven durchgegangen«. Dies sei letztlich der Grund gewesen, weshalb Herr Duyan in die psychiatrische Abteilung des Militärhospitals eingewiesen wurde. Dort sei er ruhig gestellt worden, und er habe viel geschlafen. An einen älteren Pfleger erinnere sich Herr Duyan heute noch gern, weil er der einzige gewesen sei, der es ehrlich und wohl mit ihm gemeint habe.

Herr Duyan sei nicht unehrenhaft aus der Armee entlassen worden. Dennoch habe sein Vater den Sachverhalt als eine Schande für die Familie empfunden. Die gesamte Verwandtschaft sei beschmutzt worden. Eigentlich habe Herr Duyan die Vorwürfe seines Vaters wegen dessen Wertkonservatismus nicht ernst genommen. »Der lebte doch noch im Anfang dieses Jahrhunderts. Der hatte keine Ahnung davon, was ein moderner Türke ist!« Viel schwerer habe allerdings gewogen, dass seine beiden Schwestern, die jeweils mit »stockkonservativen« Männern verheiratet worden sind, sich von ihm abgewandt hatten. Herr Duyan fühlte sich nicht nur unverstanden, sondern von seiner Familie sogar isoliert. Daher habe er die Einladung seiner in München lebenden Briefpartnerin angenommen und sei kurzerhand nach Deutschland gereist in der Absicht, sich hier eine neue Existenz aufzubauen. Irgendwelche Voraussetzungen, um in Deutschland Wurzeln zu schlagen, habe er allerdings nicht gehabt, wie er im Nachhinein einräumte. Damals war Herr Duyan einundzwanzig Jahre alt.

Die Idee, sein Heimatland zu verlassen, habe Herr Duyan seiner Familie nicht verheimlicht. Erwartungsgemäß habe sein Vater sich dem

Vorhaben seines noch unreifen Sohnes wider-
setzt und ihm angedroht, für den Fall des Ver-
lassens seiner Familie ihn nie mehr sehen und
fortan kein Wort mehr mit ihm sprechen zu
wollen. Die Drohung habe sein Vater tatsächlich wahr gemacht. Während der alljährlichen
Besuche in Antakya durfte Herr Duyan das Elternhaus nicht mehr betreten. Er musste bei
seiner Schwester Unterkunft finden. Der ältere
Bruder war zwischenzeitlich in einem von Zuhause weit entfernten Teil des Landes verzo-
gen. Seine Mutternahm es gern auf sich, ihn an
jedem Tag seines Urlaubsaufenthaltes bei der
Schwester zu besuchen.

Herr Duyan unterstützte seine Familie bisher
finanziell angeblich mit 750 bis 1.000 Mark
monatlich. Während der acht Jahre seines Auf-
enthaltes in Köln habe Herr Duyan niemals
mehr Kontakt zu seinem Vater gehabt. Es sei

sein Stolz, der ihn daran gehindert habe, mit dem Vater ein einvernehmliches Verhältnis anzubahnen und das Kriegsbeil zu begraben. Am 10.04.98 sei dieser an der Zuckerkrankheit verstorben, ohne dass es zu einem Friedensschluss zwischen Vater und Sohn gekommen sei. Zur Totenfeier sei Herr Duyan nichtsdestoweniger Nachhause gefahren. Darüber berichtete er nicht ohne Anzeichen von Reue.

Die erste Zeit in Deutschland sei für Herrn Duyan weitaus weniger schwierig gewesen als er anfangs befürchtet hatte. Indem er seine viele freie Zeit damit zubrachte, in Restaurants zu gehen und dort gelegentlich auch beim Bierzapfen oder in der Küche auszuhelfen, habe Herr Duyan ziemlich schnell Deutsch zu sprechen gelernt. In diesem Zusammenhang fügte er in das Gespräch ein, dass Dr. Maubesor ihm gelegentlich kleine Schreibübungen vorschlug, weil sich Her Duyan im Schriftdeutsch nur recht mäßig auskenne.

Das Verhältnis zu seiner Briefpartnerin, bei der er auch Unterkunft fand, wurde bald intim. Sie habe gut ausgesehen und Herrn Duyan in allem geholfen. Er sprach von seiner Verlobten. Allerdings sei das Verlöbnis und das damit verbundene Eheversprechen nach etwa einem Jahr seinerseits gelöst worden, weil seine Verlobte »auf zu großem Fuß lebte« und von ihm ständig Geld verlangte. Das habe er nicht aufbringen können.

Herr Duyan sei von München nach Köln gezogen und konnte dort für einige Wochen bei Bekannten wohnen. Der Start in Köln sei für Herrn Duyan richtig schwierig geworden, denn hier musste er fortan »auf eigenen Füßen stehen«. Herr Duyan hatte sich eine Verdienstquelle zu suchen, eine Wohnung und insbesondere eine Frau, mit der er möglichst kurz-fristig die Ehe eingehen konnte. Er befürchtete nämlich, ansonsten seine Aufenthaltsgenehmi-gung zu verlieren und wieder zurück in sein Heimatland zu müssen.

Er hielt es für das Beste, in Köln eine eigene Firma zu gründen. Andere seiner Landsleute seien damit immer wieder sehr erfolgreich ge-wesen. Man müsse sich nur was zutrauen. Al-lerdings sei diese Idee zunächst eine Idee ge-blieben, weil es ihm nicht nur an dem nötigen Startkapital ermangelte, sondern weil er nicht wusste, welches Gewerbe er betreiben sollte. So »tingelte« er etwa ein Vierteljahr bei Landsleu-ten, die einen Gemüsehandel, einen Imbiss-stand oder eine chemische Reinigung betrie-ben.

Etwa Mitte 1994 eröffnete er in einem Hinter-hof eine Niederlassung, die Lautsprecher vertrieb. Herr Duyan mochte sich diesbezüglich auf konkrete Äußerungen nicht einlassen. Er schien eine Art Zwischenhandel betrieben und die Dienste anderer Leute in Anspruch genommen. Sie hätten zusammen gestanden – jeder zu seinem eigenen Nutzen. Da sei es ihm egal gewesen, woher die Ware kam, die er verkaufte. »Der Laden ging aber nach einem Jahr pleite.«

Im Sommer 1994 lernte Herr Duyan seine spätere Frau, Fulya, kennen. Sie war in Köln als Kind türkischer Eltern geboren worden und zwei Jahre älter als Herr Duyan. Sehr bald erfuhr er, dass Fulya in erster Ehe geschieden war. Als Scheidungsgrund habe sie ihm Begebenheiten geschildert, die auf eine Zerrüttung der Ehe schließen lassen. Den wahren Grund hatte sie ihm jedoch verschwiegen. Er erfuhr ihn, als die Ehe bereits zwei Jahre währte und sie immer noch nicht Eltern wurden.

Eigentlich wollte sich Herr Duyan angesichts dieser Tatsache auch scheiden lassen. Frau Duyan willigte jedoch zur künstlichen Insemination ein. Zwölf solcher Versuche habe er über sich ergehen lassen und seinen Samen spenden müssen, bevor der gemeinsame Sohn Adnan gezeugt worden war. Im September 1996 sei sein Junge zur Welt gekommen, nachdem bereits zwei Embryonen im Mutterleib abgestorben waren.

Die ohnehin prekäre finanzielle Lage der Eheleute Duyan habe sich im Winter 1996 dramatisch zugespitzt. Zum einen musste Frau Duyan ihre Stelle als Büroangestellte kündigen. Sie war schwanger geworden und hielt es für angemessen, sich ganz auf das werdende Kind und auf ihren Mann zu konzentrieren. Zum anderen habe Herr Duyan während einer winterlichen Autofahrt einen Unfall verursacht. Herr und Frau Duyan seien von einer Fahrt zu ihren Gläubigern nach Hause gefahren. Mit dem Ausgang des Gesprächs sei man nicht zufrieden gewesen. Ja, Herr Duyan war sogar der Auffassung, dass er von den Mahnern noch mehr über den Tisch gezogen worden sei als vor dem Gespräch. Wer auf der Fahrt nun unachtsam gewesen sei – er oder der Fahrer des gegnerischen Autos – das sei sehr die Frage gewesen, obwohl die Polizei Herrn Duyan als den Schuldigen identifiziert hätte. Bei dem Zusammenprall erlitten beide am Unfall beteiligten Autos Totalschaden, und die Frau der gegnerischen Partei musste längere Zeit stationär behandelt werden. Da Herr Duyan nicht ausreichend versichert gewesen sei, habe er »auf einen Schlag 35 Riesen abdrücken müssen«.

Dieses Geld habe er sich von der Bank leihen müssen, was angesichts fehlender Sicherheiten sehr kompliziert zu regeln gewesen sei. Seit dieser Zeit sehe Herr Duyan kaum noch eine realistische Chance, aus den Schulden jemals herauszukommen.

Wegen Mietschulden sei die Familie im Frühjahr 1997 gerichtlich gezwungen worden, aus der angemieteten Wohnung zu ziehen. Herr Duyan sei gepfändet worden und habe dadurch seine erste HiFi-Anlage versetzen müssen, an der er sehr gehangen habe. Obendrein musste er für die Gerichtskosten aufkommen. Bis die Familie ein halbes Jahr nach dem Ausgang des Gerichtsprozess eine Sozialwohnung zugewiesen bekam, mussten seine Frau und er bei Freunden in einem Zimmer wohnen.

Ein weiteres Problem sei Fulyas »stinkende Faulheit. Man bekommt sie einfach nicht ans Arbeiten. Keinen Job, der ihr vom Arbeitsamt angeboten wurde, hat sie angenommen. Bis elf liegt sie mit Adnan im Bett. Nachmittags ist sie bei ihren Eltern anzutreffen, die in jeder Weise zu ihr halten. Da kann ich machen, was ich will. Ich krieg da keinen Fuß auf den Boden. Ihre gesamte Familie verachtet mich total!«

In der Weihnachtszeit 1997 – damals sei Adnan drei Monate alt gewesen – habe Herr Duyan seinen späteren Arbeitgeber, Oktay Kuru, kennengelernt. Etwas verstohlen fügte er auf Befragen hinzu, dass sie sich in einer Zuhälterkneipe kennen gelernt hätten. Herr Kuru habe davon berichtet, dass er Detektiv sei und außerdem einen Laden habe. Er brauche Leute, die arbeiten können und die verschwiegen sein könnten, wenn es darauf ankäme. Herr Duyan habe sich regelrecht angeboten für einen solchen Job. Die Eingangsvoraussetzungen habe er ohne jeden Zweifel erfüllt. Er willigte auch ein, als Herr Kuru mitteilte, dass er keinen Arbeitsvertrag bekommen könne. Nach außen hin werde die Arbeit als Freundschaftsdienst deklariert, aber bezahlt bekomme er nach Leistung. Herr Duyan gab an, dass er von Herrn Kuru allmonatlich etwa zweieinhalb tausend Mark bekomme.

Weil Herr Duyan und seine Familie auch krankenversichert sein mussten, wollte Herr Kuru ihm eine andere Arbeit verschaffen –»mehr zum Schein als wirklich«. Gleich zu Beginn des Jahres erhielt Herr Duyan einen Arbeitsvertrag bei einer in der Hildener Heide ansässigen Werbefirma. Er habe dort pro Woche an einem Tag in Kaufhäusern oder auf Wochenmärkten Haushalts- oder Campingartikel feil zu halten.

Dafür erhalte er zwölfhundert Mark, Fahrtkos-
tenauslage und die Krankenversicherung.

Nicht nur eine finanzielle Verschlechterung,
sondern auch eine bedrohliche Situation habe
sich dadurch ergeben, dass eines Abends völlig
unangemeldet ein Landsmann seinen Besuch
in der Wohnung der Duyans abstatte. Er verlangte ohne große Umschweife entweder die
regelmäßige Zahlung einer noch nicht genannten Summe Geldes oder Frau Duyan für einen
Abend in der Woche. Da Frau Duyan sich aber
weigerte, in die Mafiageschäfte dieser Art ein-
zutreten, habe Herr Duyan jede Woche eine
gewisse Summe – so um die dreihundert Mark
– übergeben. Das sei jeweils freitags nach 19
Uhr in der dritten Etage einer Tiefgarage gewesen. Herr Duyan wollte über Einzelheiten nicht
sprechen, weil er befürchtete, man werde »diesen Abzockern« nun auf die Spur kommen

wollen. Dies aber könne zu einem Verhängnis

für seine Frau, vor allem aber für seinen Sohn

Adnan werden. - Insgesamt gesehen kam es

Herrn Duyan darauf an, den Eindruck zu ver-

mitteln, dass sein Alltag in einer Weise verlau-

fe, die es ihm gar nicht ermöglicht, sich an

Recht und Gesetz zu halten.

Der Angeklagte: Die Kontaktnahme

Ünsal blätterte in dem umfangreichen Gutachten so,

als ob er die Sterbeanzeigen in der Tageszeitung suche. Ir-

gendwo im ersten Drittel der Expertise blieb sein Blick an

der Stelle haften, die die Überschrift »Täter-Opfer-

Beziehung« trug. Ein Lächeln, das man als hochmütig, aber

ebenso als bilanzierend bezeichnen könnte, blieb auf sei-

nem Gesicht hängen. Hatte Ünsal niemals erfahren, dass

das Glück der Zuwendung abnimmt, wenn der Hochmut

anschwillt?

»Beziehung? Was war das eigentlich mit uns?« Einmal liefen wir einem langen Waldweg entlang. Die Sonne war schon untergegangen. An einer Parkbank machten wir halt. Es war ziemlich kühl. Wir setzten uns auf die Lehne und stellten unsere Füße auf die Sitzfläche. In Ünsal wurde jenes Bedürfnis von damals wach, Jaris Lippen mit den seinen zu bedecken. Eine Erkältung war ihm jedoch ein ausreichendes Hindernis. Deswegen nahm Ünsal die Hand von Jari, führte sie zu seinem Gesicht und legte es hinein wie Kinder es tun, die Schutz, vielleicht auch Trost suchen. Gegen den Abendhimmel beobachtete er, wie sich sein feuchter Atem auf Jaris' Hand in einen Hauch wandelte. Dann spielte er mit Jaris Ehering, den Jari stets trug. Ünsal hatte es ihm bald schon gleich getan und trug nun auch mehr als noch vor kurzer Zeit seinen Ehering.

Ünsal erinnerte sich noch sehr genau daran, wie er Jaris' Ring langsam abzog und ihn auf seinen Ringfinger zu stecken versuchte. Jari ließ das alles mit sich geschehen, Auf den Ringfinger konnte Ünsal den Ring nicht stecken, denn sein Finger war zu dick. Aber auf dem Kleinfinger passte er gut. Sodann blickte er vergleichend auf seinen Ring, nahm ihm vom Finger und steckte ihn auf Jaris Mittelfinger.

»Wenn sich Männer Ringe schenken, dann ist das doch irgendwie pervers – oder nicht? Würdest du einen Ring von mir tragen, falls ich dir einen schenken würde?«

Jari ahnte damals nicht, weshalb Ünsal danach fragte. Nach einer Zeit des Überlegens kam es über seine Lippen: »Vielleicht - gelegentlich – warum?«

»Nur so. – Dann laß uns heute die beiden Ringe so tragen, bis wir uns verabschieden und jeder sein Ehegespunst aufsucht.«

Als sie beim nächsten Treff sicher sein konnten, dass sie unbeobachtet waren, bat Ünsal, Jari möchte seine Augen schließen und ihm seine Hand reichen. Als Jari die Augen öffnete, sah er auf seinem rechten Kleinfinger einen goldenen Ring, der vier kleine Brillanten einfasste.

»Was soll das? Ist das ein Andenken von irgendwem, der dir wichtig ist oder war?«

»Nein, er gehört ab jetzt dir!«

»Du bist verrückt!« entfuhr es Jari. »So etwas kann ich nicht annehmen. Das geht einfach zu weit. - Was soll denn da meine Frau ..., wann soll ich den tragen können?«

Lange drehten diese Erinnerungen in Ünals Kopf ihre Kreise.

»Habe ich ihm diesen Ring wirklich geschenkt, weil ich ihn mochte? Oder wollte ich ihn an mich binden?«

Vielleicht war es beides. Ein Geschenk, das nicht auch ein Verlust ist, ist kein Geschenk. Der goldene Ring wirkte jedenfalls mehr wie eine Eisenkette an Jaris Hand als wie eine Aufmerksamkeit. Das konnte Ünsal jedenfalls sehr bald bestätigt finden. Doch wer war hier Täter und wer war Opfer?

Ohne jeden Zweifel empfand sich Ünsal als Täter und sogar mehr als das: Er empfand sich als ein großer

Übeltäter, der wie ein Wolf sein Opfer wahrnimmt, es umkreist, einengt und damit seinem Beutetier habhaft wird. Zugleich aber – und das war Ünsals Rechtfertigung – war doch Jari klug genug, erfahren genug und frei genug, auf der Hut zu sein. Jari jedoch habe immer wieder die Begegnung mit ihm gesucht, sich ihm quasi aufgedrängt, sich ihm hingegeben. Gibt es eigentlich eine Hingabe, die keine Opfer verlangte?

»Nein, irgendwie hat Jari auch seinen Anteil daran, dass alles so gekommen ist!«

Diese Selbstinstruktion war das Kommando, die Grübelei über das beiderseitige Beziehungsverhältnis zu beenden. Mit der linken Hand stützte Ünsal seinen Kopf ab. Er lag seitlich auf seiner Liege, hatte inzwischen den Schuh seines linken Fußes abgestreift und vergrub den Fuß unter sein rechtes Bein. Der Schuh lag nicht weit vom Aschenbecher entfernt. Ein dünner Rauchfaden stieg von dem ausgedrückten Zigarettenstummel empor. Nicht lange mehr, und dann war auch diese Zigarette in den Zustand der Asche übergegangen als ihr sichtbarer Rest.

Herr Duyan berichtete davon, dass sich Dr. Maubesor und er am Donnerstag, dem 19. Februar 1998 kennen gelernt hätten. Das sei auf dem Autobahn-Rastplatz gewesen, der zwischen Garstingen und Neustadt auf der A 537 liegt. Dr. Maubesor habe schon an einem Fenstertisch gesessen und einen Kaffee getrunken. Herr Duyan habe sich ebenfalls einen Kaffee gekauft und sei damit zum Tisch gegangen, an dem Dr. Maubesor bereits gesessen habe. Als er darum bat, sich neben ihn setzen zu können, willigte Dr. Maubesor sogleich ein mit der Bemerkung, dass dies selbstverständlich sei, wo doch beide ein Auto fahren, das in Köln angemeldet sei. Das habe Dr. Maubesor sogleich festgestellt, als Herr Duyan mit seinem Auto in die Parklücke direkt vor dem Fenster der Gaststätte eingebogen sei. Irgendwie sei ihm Dr. Maubesor bekannt vorgekommen. Er vermute, dass sich beide schon mal begegnet seien, entweder auf einem Parkplatz oder in einer Sauna. Irgendwann, als beide sich vergleichsweise gut kannten, habe Herr Duyan die fragliche Begegnung mit Dr. Maubesor angesprochen, aber dieser habe abgewunken. Das könne nicht sein.

Dr. Maubesor habe als erster damit begonnen, einen Kontakt zu Herrn Duyan zu knüpfen. Er habe nämlich gefragt, aus welchem Land er komme. Als Herr Duyan erklärte, er sei ein Türke, habe Dr. Maubesor sofort erklärt, dass es sich gut treffe, denn gerade heute habe er einen Patienten aufgenommen, der ein sexuelles Problem habe. Mit seiner Frau klappe es nicht mehr und mit seinem Partner seien die »Freuden der Wonnen« – wie er sich ausdrückte, zu kurz. Dr. Maubesor habe dann wissen wollen, wie man in der Türkei mit dem Problem Homosexualität umgehe. Herr Duyan habe ihm anvertraut, das die Religion zwar das Schwulsein verpöne, aber die Männer unter sich kein großes Problem damit haben, jedenfalls die meisten nicht. Es sei fast so wie in Deutschland. Im Unterschied zu hier, reden die Leute allerdings wenig darüber, aber sie praktizierten es vielleicht mehr als in Deutschland.

Herr Duyan habe vieldeutig gelächelt und Dr. Maubesor erstmals so richtig lange in die Augen gesehen, als er diese Behauptung von sich gab, er wollte testen, wie sein Gegenüber darauf reagiere. Nach längerem Schweigen habe Dr. Maubesor gemeint, da müsse er wohl mal in die Türkei fahren.

Herr Duyan habe sich dann ein Herz genommen und konstatiert: »Aber Sie sind doch verheiratet.« Dr. Maubesor habe darüber gelacht und gemeint, dass der Personenstand nun doch wirklich kein Grund sei, sein Bedürfnis nach Freude, Zuwendung und Sexualität ein für alle Male festgelegt zu haben. Herr Duyan wollte wissen, was Dr. Maubesor damit meine. »Verheiratet zu sein, ist eher eine Hindernis als ein Grund, Sex mit einem Mann zu haben.« Her Duyan habe sich dann ein wenig zu Dr. Maubesor geneigt und flüsternd festgestellt: »Na, sehen Sie, da haben wir eine zweite Gemeinsamkeit!« Während er das sagte, sei Herr Duyan ziemlich verlegen gewesen. Dr. Maubesor habe große Augen gemacht, habe sich etwas zurück gelehnt und sei auch ein bisschen rot geworden. Da habe Herr Duyan gemerkt, dass Dr. Maubesor »bestimmt anbeißen würde«. Und damit man vorankomme, habe Herr Duyan mitgeteilt, dass auch er verheiratet sei und einen 18 Monate alten Sohn habe. Es sei dann

eine Weile vergangen bis Dr. Maubesor festzustellen meinte, dass er, Duyan, wohl eher auf
jüngere oder gleichaltrige Männer stehe. Nein,
das Gegenteil sei der Fall, habe er darauf bestimmt geantwortet.

Irgendwie sei Herrn Duyan die Anbahnung
des Kontaktes atemberaubend schnell vorgekommen. Dr. Maubesor habe vorgeschlagen,
man könne doch einen Parkplatz aufsuchen,
der wenig frequentiert sei, um ein wenig offener miteinander über gemeinsam interessie-
rende Angelegenheiten zu reden und sich näher zu kommen. Darauf hin habe Herr Duyan
vorgeschlagen, noch etwa 50 km in Richtung
Köln zu fahren, dort liege etwa 200 Meter ab-
seits der Autobahn sehr versteckt ein solcher
Parkplatz.

Als sie dort ankamen, sei es bereits dunkel gewesen. Im Auto von Herrn Duyan sei es zu ei-

nem ersten sexuellen Kontakt zwischen ihnen beiden gekommen.

Herr Duyan habe, um auf Dr. Maubesor einen guten Eindruck zu hinterlassen, wahrheitswidrig angegeben, dass er Ökonomie studiert habe und jetzt Teilhaber einer Niederlassung sei, welche Telefonanlagen installiere und überdies einen umfangreichen Verkauf an Mobiltelefonen habe. Nicht nur der sexuelle Kontakt, sondern auch das beiderseitige Verständnis sei zwischen beiden vollkommen perfekt gewesen. Deshalb hätten sie sich für den kommenden Montag verabredet; das sei dann der 23. Februar gewesen. Gegen halb acht verabredeten sie sich vor dem Baumarkt »Holzwerker« in Köln-Ost. Nachdem sich beide voneinander verabschiedet hatten, fuhr Herr Duyan mit der Gewissheit nach Hause, dass in der Beziehung zu

Dr. Maubesor »mehr drin ist als in der zu Axel«, seinem ehemaligen Freund.

Am kommenden Montag sei Herr Duyan etwa eine Viertelstunde später als zum verabredeten Zeitpunkt erschienen. Das sei seine immer wieder erfolgreich eingesetzte Strategie. Er festige nämlich damit die Abhängigkeit des anderen von ihm. Gehe es doch letztlich um Abhängigkeit. Wenn sein Partner eher gehe, als er zur Verabredung komme, dann werde aus der Beziehung auch nicht viel, jedenfalls nicht viel von dem, was er sich vorstelle.

Dr. Maubesor habe tatsächlich auf ihn gewartet. Er sei dann zu Herrn Duyan ins Auto gestiegen und habe seine Einladung zu einem Abendessen in einem türkischen Restaurant angenommen. Bezahlt habe aber Dr. Maubesor. Bereits im Auto habe Herr Duyan davon erzählt, dass am Wochenende etwas sehr

Schlimmes passiert sei, das möglicherweise auch Auswirkungen auf das beiderseitige Beziehungsverhältnis haben werde. In dem Geschäft sei nämlich eingebrochen worden. Der Schaden belaufe sich auf etwa vierunddreißigtausend Mark. Und da sein Partner nicht versichert sei, werde er wohl keinen Kredit bekommen. Zur Kompensation des Schadens soll der BMW verkauft werden, den Ünsal als Dienstwagen fahre. Zudem werde sich sein Partner, Herr Kuru, wahrscheinlich verkleinern und möglicherweise Herrn Duyan entlassen müssen. Das habe auch zur Folge, dass er kein Auto mehr habe, mit dem er zu den gemeinsamen Verabredungen kommen könne. Als Täter vermute man die türkische Mafia, die es auf seinen Partner abgesehen habe.

Herr Duyan habe Wert darauf gelegt, dass er das Verhältnis zu Herrn Kuru von Anfang an als ambivalent beschrieben habe. So habe er Dr. Maubesor wissen lassen, dass er in dem Geschäft ausgenutzt werde. Andererseits habe er Herrn Kuru als seinen besten Freund und Helfer beschrieben. Damit habe Herr Duyan Dr. Maubesor auch ein bisschen eifersüchtig machen wollen. Während dieser Begegnung habe Herr Duyan bereits einiges von den »Märchen korrigieren müssen«, die er Dr. Maubesor aufgetischt habe, so z.B. dass er Angestellter und nicht Teilhaber des Geschäftes sei, dass er nicht studiert habe und dass er eigentlich finanziell arm dran sei. – Am 25.2. hätten sie sich schon wieder getroffen. Während jeden Kontaktes sei es zu sexuellen Aktivitäten gekommen, die mal in seinem Auto, mal in dem des Dr. Maubesor stattgefunden hätten.

Dr. Maubesor sei vom 26. bis zum 28. März in München zu einer Vortragsreise gewesen. Das habe sich sehr gut getroffen, denn bis zum 28. März sei auch Herr Duyan im Auftrage seines offiziellen Arbeitgebers in der Nähe von München gewesen, um sich einem Verkaufstraining zu unterziehen. Unterwegs – so war verabredet – sei Dr. Maubesor aus dem Zug gestiegen, um den Heimweg gemeinsam mit Herrn Duyan in dessen Auto fortzusetzen, das aber ein Dienstfahrzeug sei, wie er gegenüber Dr. Maubesor mehrfach betont habe.

Vor Herrn Duyans Abreise habe er Herrn Kuru gebeten, ihn auf jeden Fall gegen 21 Uhr über Handy anzurufen. Dies passierte dann auch. Beide hätten teilweise türkisch, teilweise deutsch gesprochen. Die wichtigste Botschaft habe Dr. Maubesor unmittelbar mitkriegen sollen. Dabei habe er, Herr Duyan, das Handy ein wenig in Richtung Dr. Maubesors gehalten, so dass er hörte, das Auto, in dem jetzt beide sitzen, müsse morgen verkauft werden. Herr Kuru habe einen Käufer gefunden, so dass der Erlös wieder in das Unternehmen eingespeist werden könne. Dr. Maubesor habe ganz bestimmt nicht geahnt, dass dieser Anruf ein wichtiger Schritt sei, um ihn als potentiellen Geldgeber zu funktionalisieren. Wie dies im Einzelnen geschehen könne, das wusste Herr Duyan damals noch nicht so genau.

Der Sachverständige: Das Explorationsprotokoll

Es traf sich aus Sicht von Herrn Duyan gut, dass Dr. Maubesor am Tage nach der gemeinsamen Fahrt eine zweiwöchige Urlaubsreise antrat. Würde Maubesor ihm wirklich gewogen sein, dann käme er bald nach Rückkehr aus dem Urlaub von sich aus auf Herrn Duyan zu. Die ihm seit früher Kindheit gelehrte Kunst der Verstellung nutzte Duyan jedoch, um seinerseits Dr. Maubesor zu versichern, dass er ihn anrufen werde, sobald Dr. Maubesor wieder im Lande sei, was aber nicht geschah.

Als Dr. Staller diese Stelle seines Gutachtens las, fiel ihm ein, dass er zur Entwicklung der Beziehungen zwischen Herrn Duyan und Dr. Maubesor noch einiges mehr erfragt, dieses jedoch nicht im Gutachten festgehalten hatte. Er hielt die Stellen nicht für relevant. Nun jedoch hatten sie seine Beachtung geweckt. Er wollte sich jenen Abschnitt der Exploration nochmals anhören. Vielleicht waren acht bis zehn Minuten vergangen, bis er endlich die entsprechende Stelle auf dem Tonband gefunden hatte:

»Ich denke, es war der 17. April. Es muss wohl ein Mittwoch gewesen sein. Da habe ich Jari angerufen. Ich habe mich entschuldigt, dass ich nicht an dem Abend bei ihn angerufen hatte, wie wir es vereinbart hatten. Ich wollte an dem Abend anrufen, als er wieder aus dem Urlaub zurückgekommen war. Es ging aber nicht, denn ich war in der Türkei. Mein Vater war nämlich an dem Tag gestorben, wo Ihr Ostern feiert. Die Beerdigung ist auch bei uns ziemlich teuer. Ich habe Jari gesagt, dass meine Geschwister und ich etwa vierzehntausend Mark aufbringen müssen. – Wir haben dann noch für denselben Abend ein Treffen verabredet. Da habe ich ihm ein Hemd mitgenommen, das ich in der Türkei gekauft habe für ihn.«

»Wieso haben Sie Dr. Maubesor denn so ein Geschenk gemacht? Sie haben doch eh nicht viel Geld und nur Schulden, wie Sie mir sagten? Und Sie kannten sich doch noch kaum.«

»Es ist nicht teuer gewesen, aber es passte gut zu einer seiner Fliegen, wenn er sie trägt. ... Na, und Geschenke machen ja nicht nur Freude. Sie sind wie ein Gürtel, der zusammenhält. ... – Als wir so im Dunkeln auf dem Rücksitz seines Autos saßen, habe ich Jari gesagt, dass ich nun kein Auto mehr habe. Da wird es schwierig werden mit den Treffen.«

»Was hat Dr. Maubesor denn dazu gesagt?«

»Ach, das lass mal meine Sorge sein. Da komme ich dich eben abholen!', hat er gesagt. Aber da ist ja auch das Problem, wie ich zu meiner Arbeit komme. Ich arbeite momentan nämlich in Mülheim, habe ich gesagt. Da hat er gesagt, dass ich doch ziemlich bequem von Köln nach Mülheim mit der S-Bahn fahren könne. Irgendwann einmal hat er mir sogar die Fahrverbindungen aufgeschrieben. Die habe ich aber nicht gebraucht, weil ich ja mit dem anderen Auto von Herrn Kuru gefahren bin. Aber das habe ich Jari nicht wissen lassen.

Staller erhob sich aus seinem Ledersessel und ging einige Zeit im Zimmer umher. Dabei hatte er seinen Bleistift zwischen Zeigefinger und Mittelfinger geklemmt und ließ ihn schnell hin- und herschwingen.

»Lief das alles auf Vorsatz hinaus? – Ja, doch, sicher!«

Und nach fünf Schritten, die Staller gegangen war, räsonierte er wiederum:

»Die Begegnung der Beiden war zufällig. Ihr aufeinander Zugehen war von ihnen gleichermaßen gefördert worden. Aber die Erwartungen, die beide aneinander hatten ... waren die zufällig? – Ja, wohl schon! Denn Maubesor wollte Duyan als Sexpartner; Duyan aber funktionalisierte Maubesor zusätzlich als Geldquelle. – Kann ich das anhand der Aussagen von Duyan belegen?«

Staller überging die an ihn selbst gerichtete Frage unbeantwortet und stellte Überlegungen darüber an, inwieweit Duyan die Tötung seines Partners geplant haben könnte. Diesen Aspekt – so musste er sich im nachhinein eingesehen – hatte während seiner Untersuchung nicht besonders gründlich in Augenschein genommen.

»Dann wäre es Mord gewesen!« - Staller ließ sich wieder in seinen schweren Ledersessel fallen.

»Aber das festzustellen, ist nicht meine Aufgabe als Sachverständiger. Das muss schon das Gericht erledigen! Fest steht, dass Ünsal den Jari angelte, wie man einen Fisch angelt: Man unterbreitet ihm ein Angebot, das – lässt er sich darauf ein – zu seinem Verhängnis wird. Allerdings konnte Ünsal nicht damit rechnen, welche Schwierigkeiten Jari ihm machen werden, um das Geld zurück zu bekommen.

Der Angeklagte: Das Hilfeersuchen

Duyan hatte nun schon längere Zeit durch das Gitterfenster seiner Zelle auf die Gleichförmigkeit der Regentropfen geachtet, die sich zuweilen wie silberne Kügelchen gegen den dunklen Abendhimmel abhoben. Die Zeit schien beinahe stille zu stehen. So war es ihm eine willkommene Ablenkung, als er davon las, wie er die erste Nacht mit Maubesor in einem Hotel verbrachte. Das Hotel war in einer ländlichen Gegend unweit von Köln gelegen. Wie sie sich zugelacht hatten während der Autofahrt! Wie sie sich dabei die Hände hielten und dann beim Abendessen Pläne schmiedeten! Nichts davon stand im Gutachten. Aber seine Erinnerungen waren erwacht und blätterten sich auf und zu wie die Seiten eines Buches, das im Wind geöffnet daliegt. Duyan hätte nicht sagen können, was er Jari vorgemacht und was er tatsächlich ehrlich gemeint hatte. Das mit dem gemeinsamen Urlaub bei einem seiner Freunde in der Türkei war nur eine Verstellung gewesen. Sie sollte Jaris Interesse an ihm verstärken. Aber der Urlaubsflug hin und zurück, das war schon eine realisierbare Möglichkeit, die für beide von Vorteil hätte sein können: Er, Ünsal, würde einen billigen Flug und eine preisgünstige Unterkunft in der Türkei besorgen und Jari würde es bezahlen. Der Gewinn würde für beide beträchtlich werden können, wenn man die Tage und Nächte des Beisammenseins ins Kalkül bringt.

Ünsal erinnerte sich noch, wie er später auf dem Bett lag und die Annoncen durchlas, die sich auf den Verkauf gebrauchter Autos bezogen. Ein BMW sollte es schon sein. Die Zeitung hatte Jari für Ünsal gekauft, damit er sich über realistische Kaufpreise kundig machen konnte. Ebenso aber fiel Ünsal ein, wie Maubesor sein Unverständnis äußerte, die wenige Zeit der Gemeinsamkeit damit zu vergeuden, dass die Autoannoncen offensichtlich interessanter für Unsal waren als er selbst. Aber auch davon war nichts im Gutachten zu lesen. So blieb nach Ünsals Ansicht das Wesentliche seiner Beziehung zu Jari verborgen - auch jetzt noch und auf immer. Denn das Gutachten war ungleich prosaischer und weniger eindrucksvoll als alles das, was Wirklichkeit zwischen ihnen beiden war. Er las:

Auf der Rückkehr von einer Dienstreise hielt es Dr. Maubesor für möglich, seine Ankunft Zuhause um einen Tag zu verzögern. Sein Angebot, mit Duyan in einem Hotel unweit von Bergisch Gladbach zu übernachten, habe Duyan dankend und gern angenommen. Das war vom 18. auf den 19. April 1998. Während des Abendessens habe Duyan davon gesprochen, dass sich beide nicht mehr in der bisherigen Weise würden sehen können. Wenn Dr. Maubesor Herrn Duyan sehen wolle, müsse er ihn abholen kommen. Denn Herr Duyan habe das Auto seines

Chefs nicht mehr zur Verfügung. Dr. Maubesor sei damit einverstanden gewesen, aber er habe „den Spieß umgedreht". Wenn Duyan nämlich Lust auf ein Treffen mit Dr. Maubesor habe, solle er ihn anrufen. Dann wolle Dr. Maubesor zusehen, was sich machen lasse. Mit dieser Zusicherung sei Einverständnis zwischen beiden hergestellt gewesen. Überhaupt sei die Anschaffung eines eigenen PKW das wesentliche Gesprächsthema der nächsten Tage gewesen. Im Verlauf solch einer Unterhaltung habe Herr Duyan darum gebeten, dass sich Dr. Maubesor erkundige, wie teuer es sei, wenn er einen BMW der Fünferreihe leasen würde. Auf Dr. Maubesors Vorschlag, zunächst ein kleineres und damit preisgünstigeres Auto zu kaufen, sei Duyan nicht eingegangen.

Zu sexuellen Begegnungen sei es während des Hotelaufenthaltes selbstverständlich gekommen. Aber das sei nicht erheblich gewesen. Herr Duyan berich-

tete rückschauend davon, dass die Hotelübernach-
tung hauptsächlich deshalb schön gewesen sei, weil
er den Hotelservice genießen konnte und Dr. Maubesor näher kennen gelernt hatte.

Herr Duyan räumte während der psychologischen
Untersuchung ein, dass er etwa zwischen Mitte und
Ende April sich sehr um Kontakt zu Dr. Maubesor
bemüht habe. So habe er häufig - auch im Dienst -
angerufen. Man habe sich zwei- bis dreimal pro Woche getroffen. Außer sexueller Interaktionen seien
vornehmlich die folgenden Themen Gesprächsge-
genstand gewesen:

Herr Duyan wolle deutscher Staatsbürger werden;
Dr. Maubesor habe ihm auf seine Bitte hin Unter-
stützung angeboten. – Herr Duyan wollte seine
Zeugnisse in Deutschland anerkannt haben. Dr.
Maubesor habe sich deshalb mit dem Büro der Kul-
tusministerkonferenz in Verbindung gesetzt. – Herr
Duyan beabsichtigte, ein Studium an einer Kölner

Fachhochschule zu beginnen. Das gefiel Dr. Maubesor. In seiner Naivität übersah er allerdings, dass Ünsal noch einige Hürden nehmen müssen, um als Ausländer in Deutschland überhaupt ein Studium zu beginnen. Da war Ünsal realistischer, als er sich fragend an Jari wandte, ob wisse, ob und wie er das »in den Griff« kriegen könne. Als ob Ünsals Vorhaben sein eigenes wäre, besorgte Dr. Maubesor ihn vom Arbeitsamt einen Studienführer. Herr Duyan konnte darin all jene Informationen finden, die er zu diesem Zwecke benötigte. Hätte er denn wirklich studieren wollen? – Alle diese Wünsche und Dienst habe Dr. Maubesor in keiner Weise durchschaut. Herr Duyan räumte nämlich seinen Wünschen kaum Realisierungschancen ein. »Heute sehe ich das so, dass ich einerseits den Traum hatte, als angesehener Bürger in Deutschland zu leben. Hauptsächlich aber wollte ich Jari beeindrucken. «

Herr Duyan habe Dr. Maubesor wegen einer erfolgreichen Räumungsklage seiner Vermieterin ins Vertrauen gezogen. Zwischenzeitlich habe Duyan bereits eine neue Wohnung in Aussicht. Damit er und seine Frau dem neuen Vermieter vertrauenswürdig erscheinen, habe Duyan Dr. Maubesor um ein Referenzschreiben an seinen künftigen Vermieter gebeten.

Neben den genannten helfenden Handreichungen sei es auch zu recht persönlichen Hilfeersuchen gekommen. So sorgte sich Duyan gemäß seinen Einlassungen sehr um das Wohlergehen seiner Mutter. Er unterstütze sie finanziell, obgleich er dazu kaum in der Lage sei. Seine Mutter habe ihn noch nie in Deutschland besuchen können. Damit dieser Wunsch der Mutter in Erfüllung gehen könne, benötige man einen Bürgen dafür, dass Duyans Mutter sich nur vorübergehend in Deutschland aufhalten werde. Dr. Maubesor habe gegenüber Duyan seine

Bereitschaft für die Bürgschaft zugesichert. Allerdings habe Duyan bisher nichts unternommen, dass seine Mutter ihren Sohn besuchen kommen könne. »Das kostet auch viel Geld, der Flug, die Unterhaltskosten hier und dann auch die Kaufwünsche. Und das Geld habe ich nicht.«

Herr Duyan habe sich Dr. Maubesor auch dahingehend anvertraut, dass er psychologische Hilfe benötige. In Vergangenheit – einen konkreten Zeitraum konnte Herr Duyan nicht nennen - beabsichtigt hatte, sich einer Psychotherapie zu unterziehen, weil seine Lage so aussichtslos sei. Gastrointestinale Symptome hätten sich eingestellt. Seine HIV-Befürchtungen seien teilweise ebenso unerträglich gewesen wie seine Hautprobleme oder seine Schlaflosigkeit. Diese Informationen habe Herr Duyan während verschiedener Unternehmungen mitgeteilt, etwa, wenn sie ein Schwimmbad aufgesucht hätten, während der bereits berichteten Übernachtungen im

Hotel oder bei Restaurantbesuchen. Alle diese Aktivitäten habe Dr. Maubesor finanziell übernommen bis auf ein Mal.

Während eines solchen Restaurantbesuches sei es zu einem für Herrn Duyan unangenehmen Gespräch gekommen. »Da fragte Jari mich, ob ich ihm irgendetwas zu verbergen habe. Ich solle es ihm in aller Offenheit erzählen. Schließlich wollen wir Freunde sein. Ich solle es auch sagen, wenn es etwas Kriminelles oder Problematisches ist. Wir würden gemeinsam einen Weg finden.«

Duyan habe ihm von einem Verhältnis zu einem Arzt berichtet, das etwa eineinhalb Jahre bestanden habe und auf das später noch einzugehen ist... »Ich habe Jari gesagt, dass ich für Axel – so hieß er - in der Türkei ein Haus kaufen solle. Das Vorhaben sei dann aber gescheitert. Ich weiß nicht mehr so genau, wie ich das Jari begründet habe. Das ging ihn ja auch nichts an. Jedenfalls sollte Jari wissen, dass ich mit dem Verhältnis viel Ärger gehabt habe und dass es dabei um viel Geld ging.«

Der Richter: Das Vernehmungsprotokoll

Richter Krumer war in Duyans Vernehmungsprotokoll vertieft, das der Haftrichter nach dessen Erstvernehmung angefertigt hatte. In Gedanken versunken griff er zu dem Glas, das bis vor kurzer Zeit noch mit Orangensaft gefüllt gewesen war. Er und wurde es erst gewahr, dass das Glas bereits geleert war, als seine Lippen das Glas berührten. Ein wenig Verwunderung ob dieser Gedankenverlorenheit überkam ihn. »Da muss ich wohl wieder einen ordentlichen Appetit auf dieses Zeug gehabt haben!«

Es war schon eine Weile her, dass er Orangensaft in derartig vollen Zügen zu sich genommen hatte. Als nämlich die Familie Krumer ihren letzten Sommerurlaub im Wallis verbrachte und nach einer Halbtagswanderung in ihre Ferienwohnung zurück kam, hatte sich Krumer ein

Bierseidel genommen, es mit Orangensaft gefüllt und es in einem Zug geleert. Seine Frau kommentierte dies mit dem Ausdruck

»Dirk, du bist ein Saufzoten!«.

Abends kam es schon vor, dass er in sein gläsernes Seidel Orangensaft eingoss, das letzte Viertel aber mit einem Obstler auffüllte. Besonders gern nahm er Wildkirsche für sein Mixgetränk. Allerdings trank er dann nicht, um wie jetzt seinen Durst zu stillen, sondern sozusagen als Nebenbeschäftigung während des Fernsehens oder der Lektüre irgendeines der vielen Bücher, die überall im Wohnzimmer herumlagen. Krumers waren nämlich ausgesprochen bibliophil. Der Longdrink bewirkte nun aber auch, dass Krumer allmählich die nötige Bettschwere bekam. Und nicht lange, nachdem der letzte Schluck geleert war, kam seitens seiner Frau die Aufforderung: »Lass uns ins Bett gehen, ich bin müde – du auch, Dirk?«

Jetzt konnte er weder jene Stimmung gebrauchen, die Alkohol in Maßen bewirkte, noch wollte er zum Kühlschrank gehen, um sich das Glas aufzufüllen. Also stellte er es wieder an seinem Platz und studierte jene Einlassungen, die mit der Herausgabe des Geldes ganz unmittelbar zusammenhingen. Er wollte den Charakter der Täter-Opfer-Beziehung bestmöglich durchschauen. Dazu verglich er Duyans Einlassungen, welche im Gutachten widergegeben waren mit jenen von Duyans Mitteilungen, die er während der verschiedenen Vernehmungen gemacht hatte. Das Vernehmungsprotokoll (Bl. 27 ff) enthielt folgenden Text:

> Duyan: Es war am Montag, dem 27.4.98. Da bestellte ich Dr. Maubesor zu mir in das Geschäft. Ich wollte damit Verschiedenes bezwecken. Ich wollte, dass mein Chef, Herr Oktay Kuru, Dr. Maubesor sieht. Er sollte ein Zeuge sein, dass es diese Beziehung gegeben hatte, falls etwas schief ging. Auf Nachfrage erkläre ich, dass ich vorhatte, mir von ihm einen größeren Geldbetrag zu erbeten. Ich wollte aber auch meinen Heimvorteil ausnutzen.

Dr. Maubesor hielt mit seinem schwarzen Mercedes gegenüber dem Geschäft. Es dauerte nicht lange, da stieg er aus und kam direkt auf die Eingangstür des Geschäftes zu. Oktay und ich konnten das gut beobachten. An der Tür empfing ich ihn sehr freundlich. Dr. Maubesor wollte auf Oktay zugehen und ihn begrüßen. Dieser aber drehte sich um, bückte sich, weil er in einem Regal nach irgendetwas suchte. Das fand ich nicht besonders gut von ihm. Oktay machte mir die Sache damit nämlich nicht leichter, dass er ihn schnitt. Dann nahm Oktay seinen Fahrzeugschlüssel und ging. An der Türe wünschte er uns noch einen schönen Abend. Das war aber eher ironisch gemeint.

Ich sagte zu Dr. Maubesor, dass ich ihn jetzt unbedingt zum Essen einladen möchte. Bisher hatte er nämlich stets die Zeche bezahlt, wenn wir essen waren. Wir sind dann gegenüber in das Restaurant ge-

gangen. Dort waren wir etwa eine Stunde. Anschließend sind wir wieder zurück in den Laden.

In der späteren Tatrekonstruktion schien den Ermitt-
lungsbeamten diese Szene durchaus bedeutsam zu sein.
Jedenfalls vermittelte das Vernehmungsprotokoll, das der
Untersuchungsrichter Klein angefertigt hatte, nicht nur
bedeutsame Fakten, sondern erhellte auch die Beweg-
gründe und die Strategie, wie Herr Duyan versuchte, an
Geld zu kommen.

Richter Kl: Haben Sie um das Geld im Restaurant
oder erst nach Rückkehr in den Laden gebeten?

Duyan: Nein, Ich habe dann erst im Geschäft Musik
angestellt, von der ich wusste, dass sie Jari gefiel.
Dann war ich besonders zärtlich zu ihm. Ich habe
mich rasiert und ließ es zu, dass er mich rasierte.
Dann haben wir uns auf die Liege gesetzt, nein, halb
hingelegt. Die Liege stand hinter einer Glasvitrine,
so dass wir von außen nicht gesehen werden konnten.

Richter Kl: Sie sagten, Sie seien besonders zärtlich zu ihm gewesen. Meinen Sie das in sexueller Hinsicht?

Duyan: Wir haben uns sehr viel Zeit genommen. Das hat ihm wunderbar gefallen. Danach habe ich ihn gefragt: »Du hast doch mal gesagt, dass man Freunde offen um alles bitten könne, was man auf dem Herzen habe.« Dazu hat er Ja gesagt. Dann habe ich mich etwas geziert, ich beendete das Thema vorerst. Aber Jari wollte wissen, was ich auf dem Herzen habe.

Ich habe ihn dann schließlich gebeten, mir für den Kauf eines Autos 20.000 Mark zu leihen. Jari hat sofort gesagt, dass er so viel Geld nicht locker machen könne, vor allem nicht innerhalb so kurzer Zeit. Denn ich wollte das Geld am liebsten schon übermorgen haben. Er hat dann nochmals gesagt, dass es doch wohl nicht ein so teures Auto sein muss.

»Doch«, habe ich geantwortet. Ich bin nämlich bisher nur Autos der Oberklasse gefahren.

Richter Kl: Hatten Sie den Eindruck, dass Dr. Maubesor Ihnen so viel Geld würde geben können. Ich meine damit, ob er so viel Geld Ihnen überhaupt geben wollte.

Duyan: Das war doch das eigentliche Problem. Ich wusste, dass Jari wirklich nicht arm ist. Das hat man schon daran gemerkt, wie er gekleidet war, was für ein Auto er fuhr, wo er und seine Familie den Urlaub verbrachten ... Aber wegen eines so hohen Geldbetrages zu betteln, das hatte ich bisher noch nie gemacht.

Richter Kl: Sie sind also auf diese Weise schon wiederholt zu Geld gekommen?

Duyan: Muss ich darauf antworten?

Richter Kl: Hier geht es erst mal nur um die Sache mit Dr. Maubesor. Ich fragte nur so nebenbei. Übrigens: Haben Sie ihm gesagt, dass Sie das Geld von ihm geschenkt oder nur geliehen haben wollten?

Duyan: Dr. Maubesor hat nicht sofort eingewilligt, mir das Geld zu geben. Daraufhin habe ich ihm als Sicherheit unseren Familienschmuck angeboten. Der ist etwa viertausendfünfhundert Mark wert. Aber das wollte Jari nicht. Später dann, als er das Geld zurück haben wollte, war er mit dieser Sicherheit einverstanden. Als ich aber nachdrücklich meine Bitte immer wieder wiederholt habe, hat er gesagt: »Ich will mir die Sache wohlwollend überlegen.« Ich bin ihm dann richtig um den Bart gegangen.

Richter Kl: Erpresst oder irgendwie genötigt ...?

Duyan: Erpresst? Nein! Das nun wirklich nicht. Aber irgendwie ist schon mitgeschwungen, dass er etwas locker machen muss, wenn er mit mir zusammen bleiben will ... Allenfalls könne er zehntausend locker machen auf die Schnelle. Damit war ich dann einverstanden, aber nicht sehr zufrieden. Als Sicherheit verlangte er den Fahrzeugbrief. Er hat immerzu davon gesprochen, dass er mir einen zinslosen Kredit geben würde.

Am anderen Tag, das muss Dienstag, der 28.04.98 gewesen sein, habe ich Dr. Maubesor wieder im Dienst angerufen und gesagt, ich müsse ihm unbedingt den Mercedes meines Chefs zeigen.

Richter Kl: Ist es dann an diesem Abend zu einer Begegnung gekommen? Welche Rolle spielte da die Übergabe des Geldes?

Duyan: Eigentlich hat das Geld keine große Rolle gespielt. Ich konnte doch nicht immerfort das Thema Geld anschneiden. Ich habe nur mal ganz kurz gefragt, ob er es sich schon überlegt habe. Ich wollte nicht aufdringlich erscheinen. Er hat mir nichts weiter dazu gesagt.

Richter Kl: Welchen Eindruck hatten Sie dann? Waren Sie zuversichtlich, dass Sie das Geld bekommen würden?

Duyan: Ich glaubte, er würde mir das Geld nicht geben. Da habe ich ihn am 30.04.98 angerufen und gefragt, ob es bei unserem Treffen am Abend bleiben würde. Wir haben uns nämlich donnerstags meistens getroffen, so gegen 20 Uhr. Er ist dann auch gekommen. Ich war wieder sehr zärtlich zu ihm. Und plötzlich bin ich dann ausgerissen, weil ich glaubte, uns beobachte jemand. Jari hat aber nur gelacht und gesagt, ich solle mich nicht so anstellen. Ich habe ihm dann davon erzählt, dass meine Landsleute mir das Leben zur Hölle machen würden, wenn sie wüssten, welche intimen Kontakte ich zu Dr. Maubesor oder sonst wem habe. Bei uns gilt Ansehen wirklich sehr viel. ... Und deshalb brauche ich ein Auto. Deshalb habe ich nochmals nach dem Geld gefragt.

Wir sind dann tanken gefahren. Und an der Tankstelle habe ich Jari eine Rose gekauft, eine richtige Rose zu seiner großen Überraschung. Daraufhin hat er mir gesagt, er werde mir Geld geben, aber er könne momentan noch nicht einschätzen, wie viel er kurzfristig zusammenbringt.

Der Richter und die Ermittlung

Dirk Krumer blätterte weiter in der Akte und stieß auf die Zeugenvernehmung von Dr. Rolf Dahrenwald, dem früheren Mitarbeiter von Dr. Maubesor. Beide standen in einem vertrauensvollen freundschaftlichen Beziehungsverhältnis zueinander. Im Vernehmungsprotokoll (Blatt 147 ff) vom 16.09.1998 war darüber folgendes festgehalten worden:

Hauptkomm. Halsbrück: Bitte, beschreiben Sie den Charakter Ihres Verhältnisses zu Dr. Maubesor.

Dr. Dahrenwald: Wir kennen uns seit etwa zehn Jahren. Ich fing damals in seiner Abteilung als Mitarbeiter an. Man kann sagen, wir hatten eine gemeinsame Wellenlänge in fachlicher Hinsicht. Wir sind auch privat miteinander gut zurecht gekommen, ich will damit sagen, dass unserer beider Familien sich auch gegenseitig besuchten – nicht häufig, aber doch vielleicht ein-, zweimal im Jahr.

Hauptkomm. Halsbrück: Wussten Sie davon, dass Dr. Maubesor auch sexuelle Kontakte gleichgeschlechtlicher Art hatte.

Dr. Dahrenwald: Ja, das hat er mir irgendwann einmal anvertraut. Wir haben ausführlich immer wieder einmal darüber gesprochen, so – wie eben Männer über ihre Sexualität miteinander sprechen.

Hauptkomm. Halsbrück: Hatten …, hatte Ihr beider Verhältnis auch eine sexuelle Note?

Dr. Dahrenwald: Nein, wenn Sie mit Ihrer Frage meinen, ob wir miteinander homosexuelle Kontakte gehabt haben. Das kann ich ganz klar verneinen. Ich stehe nicht auf diese Art von Sex. Das macht mich nicht an. Aber ich habe Verständnis dafür, dass andere Leute eben anders sind. Ich kann das ohne Vorurteile tolerieren.

Hauptkomm. Halsbrück: Frau Maubesor ließ uns wissen, dass Dr. Maubesor sich möglicherweise Ihnen anvertraut haben könnte über seine Beziehungen zu dem Beschuldigten, Herrn Duyan. Können Sie uns da weiter helfen?

Dr. Dahrenwald: Ja, wir haben wiederholt darüber gesprochen. Es ging in unseren Gesprächen nicht nur um den Kredit. Es muss wohl am 28.04.98 gewesen sein, also drei Tage vor dem 1. Mai. Da ist er auf seine türkische Bekanntschaft zu sprechen gekommen. Er nannte ihn Ünsal. Herr Maubesor hat mir davon erzählt, dass in dem Geschäft von Ünsal eingebrochen worden sei, dass es ihm finanziell ziemlich schlecht gehe, er kein Auto habe, ihm die Wohnung gekündigt worden sei. Dieser Ünsal habe wohl auch Regulierungsprobleme mit der Versicherung gehabt. In diesem Zusammenhang hat Herr Maubesor mir gesagt, dass Ünsal ihn gefragt habe, ob er ihm 10.000 Mark oder so borgen könnte. Herr Maubesor war deshalb unentschieden, weil die beiden sich wenig kannten. Wenn ich mich recht erinnere, wollte Ünsal als Sicherheit seinen Familienschmuck Herrn Maubesor anbieten. Mir kamen diesbezüglich erhebliche Bedenken auf. Ich habe sie Herrn Maubesor gegenüber auch angedeutet, denn ich habe auch mal aus purer Gefälligkeit 4.000 Mark verloren an eine Freundin. Heute weiß ich nicht mehr, wo diese Frau wohnt und ob sie überhaupt noch so heißt wie damals. Aber dafür habe ich einen Schuldschein – höchst offiziell. Und der ist – wie Sie wissen – 30 Jahre lang gültig.

Hauptkomm. Halsbrück: Was wollen Sie damit anfangen?

Dr. Dahrenwald: Mit dem Schuldschein? Ach wissen Sie, den kann ich mir hinter den Spiegel stecken. Das ist ein Ausweis für falsch verstandene soziale Gerechtigkeit. Man bekommt gerichtsfest bestätigt, dass man begaunert worden ist. Und die Gauner laufen ungeschoren umher. Diesbezüglich müsste der Staat wirklich mehr das Eigentum des Individuums schützen. Warum müssen solche Gauner nicht an den Wochenenden zu Arbeitsleistungen herangezogen werden? Kühlhäuser reinigen, Parks in Ordnung bringen, Fußballstadien säubern – oh, da würde mir noch eine ganze Menge einfallen. Also, die Gerichte müssten nicht nur Schuld feststellen, sondern auch Regelungen treffen, wie solche Schulden zu tilgen sind. Das ist die andere Seite von Gerechtigkeit!

Hauptkomm. Halsbrück: Lassen Sie uns nochmals auf das Geld zu sprechen kommen, das Dr. Maubesor angeblich Herrn Duyan geliehen hat. Wissen Sie darüber mehr?

Dr. Dahrenwald: Ja, ganz sicher. Am 1.5.98 so gegen 11:30 Uhr rief mich Herr Maubesor an. Er kam gleich zur Sache und wollte meinen Rat hinsichtlich einer Geldangelegenheit haben. Es sei ziemlich dringlich.

Jedenfalls fragte er mich, ob wir uns heute, also gleich am 1. Mai, treffen könnten. Ich habe deshalb zugesagt, noch am selben Nachmittag vorbei zu kommen – bei ihm zu Hause. Das wollte er aber nicht, denn er schlug vor, dass wir uns gegen 15 Uhr in dem Restaurant Chateau in der Kölner Innenstadt treffen. Dort sind wir schon mal hingegangen nach dem Dienst. Bei einem Kaffee hat mich Dr. Maubesor davon informiert, dass dieser Herr Duyan eigentlich 20.000 Mark geborgt haben wollte. Herr Maubesor würde ihm aber nur 11.000 Mark geben. Ich habe ihn nochmals gewarnt. Seine Großzügigkeit ging mir zu weit. Das habe ich ihm unmissverständlich gesagt, aber weitergehenden Einfluss habe ich nicht genommen.

Hauptkomm. Halsbrück: Kennen Sie Herrn Duyan persönlich? Oder haben Sie Herrn Duyan irgendwann schon einmal gesehen oder gesprochen?

Dr. Dahrenwald: Nein, nie. Meine Warnungen richteten sich eigentlich nicht direkt gegen diesen Herrn Duyan, obgleich ich da auch vorsichtig gewesen wäre. So schnell verlangt man nicht so viel Geld, wenn man sich erst seit ein paar Wochen oder Monaten kennt! Aber Dr. Maubesor entkräftete das, was ich einzuwenden hatte, indem er auf sein wirklich freundschaftliches Verhältnis zu Ünsal hinwies. Er sei in ziemlichen Nöten. Zum einen klappe es zu Hause überhaupt nicht. Ünsals Frau sei ein ausgemachtes Faultier. Er müsse sich sogar selbst um seine Bügelwäsche kümmern, obwohl er an manchen Tagen länger als zwölf Stunden im Dienst sei. Dort werde er nach Strich und Faden ausgebeutet. Ursprünglich sei wohl die Rede davon gewesen, dass Ünsals Chef ihn zum Teilhaber machen wolle. Aber das seien nur Verlockungen gewesen. Jetzt stehe die Entlassung von Duyan an, weil in dem Unternehmen eingebrochen worden sei. Dann habe Duyan auch noch Probleme mit seiner Familie in der Türkei. Und zu allem Übel werde er noch von einer in Deutschland agierenden Mafia erpresst. Was den Kredit betreffe, so habe Dr. Maubesor gegenüber Herrn Duyan schon eine Zusage gemacht. Da könne er nicht mehr zurück. Das sei auch eine Ehrensache für ihn.

Hauptkomm. Halsbrück: Können Sie etwas dazu sagen, wie Dr. Maubesor das Geld Herrn Duyan übergeben hat? Ich meine, auf welchem Wege und unter welchen Umständen?

Dr. Dahrenwald: Ja, das weiß ich sehr genau. Herr Maubesor zeigte mir nämlich einen Brief, den er an Duyan geschrieben hatte. Er bat mich, ihn zu lesen, was ich dann auch getan habe.

Hauptkomm. Halsbrück: Können Sie uns sagen, was in dem Brief stand?

Dr. Dahrenwald: Alle Einzelheiten kann ich nicht wiedergeben. Die Kernpunkte aber waren, dass Herr

Duyan Herrn Maubesor gebeten habe, ihm Geld zu borgen. Das sollte für den Kauf eines gebrauchten Autos verwendet werden. Herr Maubesor verwies in dem Brief auf einen Scheck in Höhe von 11.000 DM. Diesen Betrag wollte er Ünsal borgen. Das stand ausdrücklich in dem Brief. Es stand auch drin, dass das Geld ein Kredit ist. Von Schenken stand ganz bestimmt nichts drin. Und dann war noch davon die Rede, dass über die Modalitäten der Rückzahlung noch gesprochen werden sollte.

Die Kopie eines Briefes von Dr. Maubesor an Herrn Duyan, die mir zur Einsichtnahme vorgelegt wird, ist mit an Sicherheit grenzender Wahrscheinlichkeit jene, die ich damals im Original gesehen habe.

Hauptkomm. Halsbrück: Haben Sie auch den Scheck gesehen?

Dr. Dahrenwald: Ja, sicher! Es war ein ganz normaler Verrechnungsscheck der Kölner Sparkasse. Mit Tinte waren die 11.000 Mark ausgewiesen. Empfänger war Herr Ünsal Duyan. Das weiß ich deshalb so genau, weil ich da zum ersten Male gesehen habe, wie sich der Freund von Herrn Maubesor schreibt.

Hauptkomm. Halsbrück: Aus welchem Grunde hatte Dr. Maubesor Ihnen das alles gezeigt?

Dr. Dahrenwald: Er wollte einen Zeugen haben. Das hatte er mir gleich zu Beginn unseres Treffens im »Chateau« gesagt. Nachdem ich den Brief nämlich gelesen hatte und auch den Scheck, hat Dr. Maubesor beides wieder in einen bereits frankierten Briefumschlag gelegt. Wir haben dann bald bezahlt und sind noch ein Stück zu Fuß gegangen. Dr. Maubesor hatte sein Auto an der Post von Köln-Kalwinkel, gegenüber dem Schlosspark geparkt. Dort hat er den Brief wieder aus der Jacke genommen und zu mir gesagt: »Hier – Du siehst, dass ich jetzt den Brief mit dem Scheck abschicke. Du bist mein Zeuge, falls es mal zu Schwierigkeiten kommen sollte.« Ich habe dann noch aus Spaß verlangt, dass er mir den Adressaten des Briefes zu lesen gibt. Auf dem Briefumschlag stand wirklich der Name Ünsal Duyan.

Hauptkomm. Halsbrück: Können Sie uns noch Weiteres mitteilen, das vielleicht für die Ermittlung bedeutsam sein könnte?

Dr. Dahrenwald: Nun, über den Charakter der Beziehung hat sich mir gegenüber dann Herr Maubesor viel später anvertraut. Ich will damit sagen, dass er von dem sexuellen Charakter dieser Beziehung sprach. Er erzählte auch davon, dass sich Ünsal seit etwa Mitte Mai ziemlich rar gemacht habe und dass er – Maubesor – davon ausgehe, dass die Beziehung in die Brüche gehe. Er war darüber ziemlich traurig. Aber das Geld wollte Herr Maubesor unbedingt zurück haben. Er überlegte, ob er diesbezüglich einen Rechtsanwalt einschalten sollte. Ich habe ihm dazu geraten, falls Ünsal auf Tauchstation gehen sollte. Ob Herr Maubesor dann doch einen Rechtsanwalt mit der Wahrnehmung seiner Interessen beauftragt hat, dazu kann ich nichts sagen. Das weiß ich nur von Frau Maubesor. Sie hat mir gesagt, dass da ein Rechtsanwalt im Zusammenhang mit dem Tod von Dr. Maubesor eine Rolle gespielt habe.

Die Übergabe des Geldes

Für Ünsal hatte die ausführliche Darstellung der Entwicklung seiner Beziehungen zu Jari in dem Gutachten durchaus einen gewissen Unterhaltungswert. Einerseits war er überrascht, was der Gutachter so alles aus ihm herausgekitzelt hatte. Andererseits las er manche Stellen nicht ohne Genugtuung, was der Sachverständige manchmal zu seinen Gunsten, manchmal aber auch zu seinen Ungunsten zu Papier gebracht hatte. Er erinnerte sich noch sehr genau an jenen vierten Mai, als er abends nach Hause kam und Fulya ihm bedeutete, dass Post gekommen sei von einem gewissen Dr. Maubesor. Fulya hatte sicherlich nicht beobachtet, wie Ünsal für den Bruchteil einer Sekunde seine Überraschung, seine Neugier nicht verbergen konnte. Sofort aber tat er so, als ob diese Mitteilung die nebensächlichste Angelegenheit des Tages gewesen sei. Erst nach dem Abendbrot öffnete er mit dem Gehabe von Langeweile den Brief.

Erwartet hatte Ünsal, dass der Brief eine Mitteilung über die Höhe des Geldbetrages und eine solche über Ort und Datum der Übergabe enthalte. Ziemlich enttäuscht musste er den Empfang des Schecks zur Kenntnis nehmen. Denn er hatte nun wahrlich nicht gewollt, dass mit dem Geld irgendeine schriftliche Notiz, ein offizielles Übergabeverfahren verbunden sein würde. Und dann noch der Inhalt des Briefes! In Ünsal stieg so etwas wie Art Misserfolg hoch. Und insgeheim quittierte er den Betrag mit: »Besser als nichts«.

Am Dienstagvormittag trug Ünsal den Scheck zusammen mit einer Reihe anderer Schecks, die im Geschäft tags zuvor von Kunden entgegengenommen worden waren, zur Bank, um sie einzulösen. Den für ihn bestimmten Scheck ließ Ünsal auf das Konto seiner Frau einzahlen. Er

selbst hatte gar kein Konto. Er zog es vor, mit Barem umzugehen.

Das alles entstieg seinen Erinnerungen – je langsa-
mer, um so klarer: Ein Dankeschön sei nicht über seine
Lippen gekommen. Das habe er sich fest vorgenommen.
Aber seine mäßige Enttäuschung trug Ünsal Jari vor, als sie
sich am Abend an der Tankstelle unweit der Autobahnab-
fahrt trafen. »Zunächst bin ich erst einmal zwanzig Minuten später als vereinbart zu der Verabredung gekommen.
Ich weiß noch, wie Jari mich mit den Worten empfing:
‚Wärst duzwei Minuten später gekommen, dann wärst du
umsonst hierher gefahren. Ich wollte nämlich gerade los
fahren.' ... »Ich überging diesen versteckten Vorwurf. Es
gelang mir ziemlich gut, wortkarg zu sein. Ich habe ihn
auch kaum ins Gesicht gesehen.«

Jari zündete sich eine weitere Zigarette an – die wie-
vielte schon heute. »Dieses ging so lange, bis Jari mich daraufhin ansprach, ob ich den Brief mit dem Scheck erhalten
habe. Klar, den Eingang habe ich ihm bestätigte. Das habe

ich mit dem Ausdruck von Selbstverständlichkeit und Langeweile getan. Auf jeden Fall sollte es mir gelingen, ihm zu zeigen, dass ich mich darüber nicht gefreut hätte. Jari sollte es so vorgekommen, als ob ich den Erhalt des Geldes herunterspiele, das Ganze als eine Nebensächlichkeit oder Banalität angesehen habe. Ja, ganz gewiss! Jari erwartete von mir ein Wort des Dankes. Ja, das hatte er von mir erwartet – da bin ich mir sehr sicher. Seine fragenden Blicke und sein ‚Na und' waren unverkennbar. Aber darauf wartete er vergebens. Im Gegenteil! Dieses Ansinnen seinerseits habe ich geflissentlich übergangen. Stattdessen stellte ich Jari gegenüber fest, dass lediglich elftausend Mark nicht viel nützen würden, jedoch besser als gar nichts seien. Wenn es um das Geld, den Scheck oder den Brief ging, war ich der Coole.«

Für ein Wort des Dankes bestand bei Ünsal tatsächlich keine Veranlassung, weil er ohnedies keinen Dank für die Überlassung des Geldes empfand. Das war eine Selbstverständlichkeit. Dafür hatte er mehr als genug antichambriert und war ihm ein williger Sexualpartner gewesen. Als wäre es gestern gewesen, so zeigte Ünsal Jari seine Verärgerung darüber, dass er das Geld auf das Konto seiner Frau habe einzahlen müssen. »Sie sollte doch nun am wenigsten von der Sache wissen. Das weißt du doch!« So oder ähnlich hatte Ünsal an jenem fünften Mai den Empfang des Geldbetrages Jari gegenüber bestätigt. »Im Übrigen war es mir ziemlich einerlei, wie Jari mit meiner unterkühlten, ja abweisenden Art umging. Ich bin mit mir im Reinen, dass ich Jari unverhohlen gezeigt habe, was ich von der Übergabe des Geldes gehalten habe. Er hätte sich wirklich ein bisschen mehr ins Zeug legen können und weniger vorsichtiger sein können. Und bei seinem finanziellen Hintergrund hätte er tiefer in die Tasche greifen können. An den Tag legte.« - Das waren Ünals Gedanken. Auch heute nach, nach dem, was alles vorgefallen war. Ünal merkte nicht, wie sein Grübeln einer Schleife ohne Anfang und ohne Ende glich.

Staller, der die Modalitäten der Geldübergabe unter dem Gliederungspunkt »Täter-Opfer-Beziehung« dargestellt hatte, akzentuierte diesen Sachverhalt im Gutachten so:

Herr Duyan äußerte leichte Verärgerung darüber, dass Dr. Maubesor mit der Art der Geldübergabe Tatsachen geschaffen hatte, die erforderlichenfalls gerichtsfeste Belege waren. Ihm gefiel nämlich insbesondere nicht die unbare Auszahlung, da der Scheck auf das Konto von Frau Duyan eingezahlt werden musste. Dass die Geldübergabe nicht gemäß seinen Erwartungen erfolgt sei, habe sich Herr Duyan gegenüber Dr. Maubesor aber nicht anmerken lassen. Im Gegenteil; als Ausdruck seiner Dankbarkeit habe Herr Duyan Dr Maubesor einen Ring geschenkt, als sie sich am Freitag, dem 8. Mai 1998 abends zum Essen verabredet hatten. Der von einem Juwelier geschätzte Wert des Ringes beträgt: ca 100 Mark (vgl. Blatt 308). Herr Duyan habe die eltausend

Mark sogleich für die Bezahlung überfälliger Schulden und Raten ausgegeben.

Es sei für Herrn Duyan ein Problem gewesen, Dr. Maubesor damit vertraut zu machen, dass er allmählich Abstand vom Kauf eines BMW genommen habe. Da sei ihm eine Version derart eingefallen, dass sein Partner – gemeint ist Herr Kuru – ihm angeboten habe, den anderen Dienstwagen, einen Mercedes Kombi, für 24.000 MARK zu kaufen. Herr Duyan hatte Dr. Maubesor dafür folgende fiktive Finanzierung vorgetragen: Er würde von Herrn Kuru einen Vorschuss in Höhe von 7.000 Mark erhalten. Den Goldschmuck der Familie wolle er für 4.000 Mark veräußern. Diesbezüglich habe Herr Duyan ein Vorzugsangebot Dr. Maubesor gemacht. Dieser habe aber abgewunken. Er könne so etwas, was zur Familie der Duyans gehöre, nicht ohne Skrupel kaufen. Für die Differenz bis zu 24.000 Mark stehe Maubesors Kredit in Höhe von 11.000 Mark zur Verfügung.

Die noch fehlenden 3.000 Mark wollte sich Herr Duyan noch irgendwie beschaffen. Und insgeheim verband er damit die Hoffnung, dass Dr. Maubesor ihm nochmals 3.000 Mark zukommen lassen würde. Tatsächlich aber habe niemals der Kauf des Mercedes zur Debatte gestanden, wie Herr Kuru in seiner Vernehmung (vgl. Blatt 162 ff) zu Protokoll gab. Der Mercedes – so ließ Herr Duyan seinen Freund, Dr. Maubesor, wissen - solle das bisherige Kennzeichen behalten. Damit könnte sich Herr Duyan die Ummeldekosten sparen. Dr. Maubesor habe zwar wiederholt verlangt, den Kfz-Brief des Mercedes einzusehen, Herrn Duyan sei es indessen immer wieder gelungen, diesem Ersuchen auszuweichen. Wenn es ihm zu bunt geworden sei, dann habe Herr Duyan im barschen Ton darauf verwiesen, dass er bisher keine Zeit gefunden habe, das Auto umzumelden. »Ich habe mir da immer etwas einfallen lassen. Das war nicht immer leicht. Aber ich musste erreichen, dass Jari letztlich kein klares Bild von seinem Geld und von dem Mercedes hat.« Auf Befragen räumt Herr Duyan ein, dass Dr. Maubesor spätestens Mitte Juni gemerkt hatte, dass Herr Duyan gar nicht vorhatte, den Mercedes zu kaufen und dass es nach wie vor ein Geschäftswagen des Herrn Kuru war. Ob sich Dr. Maubesor habe anmerken lassen, dass er von Herrn Duyan hereingelegt worden sei, darüber vermochte Herr Duyan keine Auskunft zu geben.

Der Angeklagte und seine Hinhaltetaktik

Was zu diesem Glied in der Kette verhängnisvoller Ereignisse nicht im Gutachten stand, das lief nunmehr wie ein Film vor Ünsals innerem Auge ab:

Dr. Maubesor schien schon sehr bald bemerkt zu haben, dass Ünsal vorhatte, sich von ihm zurückzuziehen. Im Nachhinein sah er es als seinen Fehler an, diesen Rückzug zu schnell und zu intensiv betrieben zu haben.

Jari schien es nämlich verhindern zu wollen, was Ünsal anstrebte. Es kam ihm so vor, als laufe Jari ihm nach, als wolle er Ünsal an sich binden, mehr Anteil an seinem Ergehen nehmen als bisher. Was hätte Jari sonst zu dem Vorschlag bewegt, gemeinsam ein langes Wochenende in Österreich zu verbringen? Ünsal hatte Jari zwar vor ein paar Wochen in irgendeinem losen Zusammenhang gesagt, dass er Österreich gerne mal kennen lernen möchte. Aber keineswegs war Ünsal darauf bedacht gewesen, die Beziehungen zu Jari dadurch zu festigen, dass man gemeinsam ins Ausland fährt.

»Nein, nein Jari will nur klammern!«

Warum sonst sollte Jari ihm diesen Vorschlag unterbreitet haben? Ünsal willigte dann aber doch ein, obwohl er gar keine richtige Lust für derartige Unternehmungen hatte. Ünsal wollt diese Fahrt dann wenigstens nutzen, um in Österreich ein Konto für sich einzurichten. Davon brauchte ja niemand weiter Kenntnis zu haben.

Die Reise, so erinnerte sich Ünsal jetzt wieder, begann an einem Donnerstagnachmittag. Jari hatte ab 16 Uhr keine Termine mehr. Um 16:30 Uhr wollten sie sich bei Jari im Institut treffen. Aber gegen 15 Uhr rief Axel an und verlangte dringend Ünsal zu sprechen. Axel war ein frei praktizierender Arzt, zu dem Ünsal ein sexuelles Verhältnis hatte, das zu beenden Ünsal sehr angelegen war. In dem Glauben, dass die Affäre mit Axel sich nun endgültig und rasch erledigen möge, fand sich Ünsal bei ihm ein. Doch aus den beabsichtigten zehn Minuten wurden drei Stunden. Sie verbrachten die Zeit gemeinsam in Axels Bett. Axels Forderung nach Klärung der beiderseitigen Beziehungen zueinander demonstrierte Ünsal zunächst glaubwürdig damit, dass er Axel in dessen Bett zog so, als ob es sein eigenes Bettlager sei. Ünsal praktizierte Sex gern und oft auch als eine Form der Konfliktbewältigung.

»Und da bin ich meistens ziemlich erfolgreich. – Warum die Männer so etwas nicht merken? Vielleicht liegt es an ihrem Alter. Vor lauter Geilheit vergessen sie zu denken. Meine Zielgruppe hat in puncto Sex das Hirn von Hühnern. Jedes Körnchen, das man ihnen hinwirft, verleiben sie sich ein ... Eigentlich wollte ich mir das alles für Jari aufheben. Er sollte keinen Grund haben, an uns zu zweifeln.«

Gegenüber Jari erklärte Ünsal seine Verspätung damit, dass er zweimal im Stau gestanden habe. Dabei sei auch sein Benzintank leer geworden, so dass er hätte abgeschleppt werden müssen. Und zu allem Überfluss habe auch der Akku seines Handy seinen Geist aufgegeben. Ünsal habe weder senden noch empfangen können.

»Es muss so gegen 20 Uhr gewesen sein, als wir starteten ... Ich hatte nur die Hälfte der Lebensmittel mit, die ich einkaufen wollte. Aber das habe ich dann auch irgendwie geregelt ... Jari hatte so einen Hals! Ich habe dann einfach meine Klappe gehalten. Warum sollte ich ihm noch Schmus um die Backen schmieren? ... Ich war auch einfach zu müde. ... Eigentlich war es ein bisschen unfair von mir, ihn die gesamte Nacht hindurch hinter dem Steuer sitzen zu lassen – und überhaupt.

Dass es nicht zur Eröffnung eines Kontos gekommen ist, habe ich meiner Vergesslichkeit zu verdanken. Es kam auch alles viel zu plötzlich und viel zu viel mit einem Male! ... Ich hatte meinen Pass im Hotel liegen lassen. Als wir dann am Nachmittag – es war der erste Freitag im Juni – noch zu der Bank gefahren sind, wollten sie meinen Pass einsehen. Wären wir zurückgefahren, um den Pass zu holen, dann hätte die Bank bereits geschlossen gehabt. Also war nichts mit der Eröffnung eines Kontos in Österreich! ... Ich war anschließend ziemlich sauer. Und Jari merkte das. – Vielleicht war alles ganz gut so, dass es so gekommen ist! Hätte man im Ermittlungsverfahren entdeckt, dass ich noch geheime Konten habe, wer weiß, was daraus geworden wäre!« - Im Gutachten las Ünsal über die Österreichfahrt folgendes:

Es war vermutlich Dr. Maubesors Absicht, mit Herrn Duyan während des Österreichaufenthaltes einen

Rückzahlungsmodus zu vereinbaren. Jedenfalls habe er schon auf der Hinfahrt im Auto das Thema aufzugreifen versucht. »An jedem Tag in Österreich hat er mich damit gelöchert. Ich habe einfach auf stur geschaltet, weil ich doch sowieso keine realistische Möglichkeit gesehen hatte, ihm das Geld zurückzuzahlen ... jedenfalls damals nicht. Auf der Rückreise war dann viel Spannung zwischen uns. Wir haben kaum miteinander geredet. Er ließ mich auch nicht ans Steuer und so ...« Auf Nachfrage war Herr Duyan sehr ambivalent, ob er überhaupt gewillt war, seine Schulden gegenüber Dr. Maubesor zu begleichen.

Dirk Krumer las das Gutachten beflissen und neugierig. Er las es nicht gerade oberflächlich, aber auch nicht so tiefgründig, wie es die Angelegenheit erforderte. Er war dabei, sich in das Gutachten wie in eine Erzählung zu vertiefen. Er las es wie die Berichterstattung eines Sachverhaltes, der interessant ist und gespannt macht. Jedenfalls merkte Krumer unversehens, dass er die Distanz zum Tatbestand allmählich verloren hatte, dass er einen Personalbeweis studierte. Also blätterte er in dem Gutachten zurück bis zu der Stelle, an der sich Duyan zur Rückzahlung des Geldes äußerte.

»Das nächste Mal haben wir uns dann erst wieder am 9.6.98 getroffen. Daran denke ich heute noch sehr genau. Jari hatte mir nämlich ein Fax zukommen lassen (vgl. Blatt 287). Er verlangte darin eine Bestätigung von mir, dass ich das Geld zurückzahlen werde. Als ich dieses Fax gelesen hatte, war mir ziemlich mulmig zu Mute. Ich habe Jari sofort angerufen und gesagt, dass ich darüber noch heute mit ihm reden will. Bei dem Treffen gab es keine Zärtlichkeiten. Wir waren uns zum ersten Mal richtig fremd. Ich habe Jari da auch gesagt, dass ich hoch verschuldet bin. Das schien ihn aber nicht zu beeindrucken. Jari wollte aber die Höhe meiner Schulden wissen. Aber die konnte ich ihm spontan nicht nennen. Das hat er mir überhaupt nicht geglaubt. Ein bisschen habe ich da Theater gespielt, indem ich die Rolle eines Opferlamms einnahm. Aber ernst war mir schon, als ich ihm sagte, dass Jari mein Leben zerstören werde, wenn er jetzt Forderungen finanzieller Art an mich stellen würde. Ich habe ihm dann auf sein Verlangen die globale Zusage gegeben, dass ich den Kredit zurückzuzahlen werde. Ich habe aber keinerlei konkrete Vorschläge gemacht und ich habe auch nicht mehr von Sicherheitsleistungen geredet. Um ihn zu beruhigen, habe ich Jari gesagt, dass ich mir einen für ihn akzeptableren Modus überlegen werde.

Ungefähr nach einer Woche haben wir uns dann das nächste Mal verabredet. Wir haben uns im Schwimmbad Burstal getroffen. Ich sagte Jari, dass ich ihm ehrlich und offen meine finanzielle Lage umfassend darlegen wolle. Außerdem sagte ich Jari in diesem Zusammenhang, dass ich von einer türkischen Mafia erpresst werde wegen eines Hauses in der Türkei, das ich von diesen Gangstern ohne Kontrakt gekauft habe. Ich glaube, ich habe Jari die Summe 38.000 Mark genannt. Das Haus werde ich aber niemals erhalten. Heute weiß ich nicht mehr, wie ich das Jari begründet habe. Er hielt mir vor, dass ich mir wohl wieder ein neues Märchen ausgedacht habe. Jari wollte immer wissen, wie hoch denn meine Schulden konkret seien. Aber das konnte ich ihm nicht konkret angeben, weil ich sie erstens wirklich nicht weiß und weil ich mir zweitens nicht gemerkt habe, was ich Jari im Laufe der Zeit genannt habe. Jari sagte, es müsste ein Betrag zwischen 50.000 und 80.000 Mark sein, falls er richtig mitgerechnet habe.«

Die gemeinsamen Treffen wurden seltener. Irgendwie habe Herr Duyan es schon so hingekriegt, dass er kurzfristig die vereinbarten Termine absagen konnte. Es tue ihm leid, aber er müsse Arbeiten außerhalb erledigen. Während Herr Duyan bis Anfang

Mai derjenige gewesen sei, der sich um Dr. Maubesor bemüht habe, sei es nun umgekehrt gewesen: Dr. Maubesor sei ihm richtiggehend nachgelaufen. Das sei Herrn Duyan schon lästig gewesen. Ständig sei er mit einem neuen Vorschlag gekommen.

Anfang Juli – es sei der erste Sonntag im Monat gewesen – sei Dr. Maubesor mit einer neuen Forderung auf Herrn Duyan zugekommen. »Wir hatten uns gegen 16 Uhr verabredet. Dann sind wir gemeinsam in ein Café gefahren. Dort legte er mir ein Papier vor, in das ich die Nummer meines Passes eintragen und es unterschreiben sollte. Es ging wieder um die Rückzahlung. Jari hatte in dem Schreiben verlangt, dass ich ihm jeden Monat hundert Mark bezahlen soll. Nach einem Jahr sollte der Betrag zwischen uns neu festgelegt werden. Ich weigerte mich ohne Wenn und Aber, das Papier zu unterschreiben. Ich habe das Papier gar nicht mehr angesehen. Jeder hat seinen Kaffee selbst bezahlt. Ich wollte keinesfalls, dass er mir gegenüber noch den Großzügigen spielt. Ich habe das Papier dann auch auf dem Tisch liegen lassen. Da ist Jari nochmals zurück und hat es an sich genommen. Ich musste heimlich darüber grinsen, wie ich ihn ins Leere habe laufen lassen.«

Das letzte Treffen zwischen Herrn Duyan und Dr. Maubesor vor der Tat habe am 07.07.98 stattgefunden. Eigentlich sei es fast zufällig gewesen. Möglicherweise habe aber auch Dr. Maubesor dem Zufall ein wenig nachgeholfen. Das könne Herr Duyan nicht mit Bestimmtheit behaupten. Beide seien dann in das Auto des Herrn Duyan gestiegen und in ein »ruhig gelegenes chinesisches Restaurant zum Essen« gefahren. Es sei Herrn Duyans Absicht gewesen, Dr. Maubesor wieder etwas versöhnlicher zu stimmen. Deshalb habe Herr Duyan davon gesprochen, dass seine finanzielle Lage gemäß einer Auskunft durch die Schufa doch nicht so schlecht aussehe. Er werde einen Kredit in Höhe von 80.000 Mark aufnehmen, um davon einen gebrauchten LKW zu kaufen. Das Auto bringe einen monatlichen Reinverdienst von ca. 6.000 DM. Sein Partner, Herr Kuru, habe bereits mehrere laufen, die bei der Firma Schwicker in Köln stationiert seien. Dr. Maubesor habe sich das alles angehört und abschließend festgestellt, dass das wohl auch wieder unklare Geschäfte seien. Herr Duyan habe das nicht ganz in Abrede stellen wollen. Er habe Dr. Maubesor in diesem Zusammenhang gebeten, ihm mit der Rückzahlung des Geldes keinen Druck mehr zu machen. Schließlich habe Dr. Maubesor ihm das Versprechen abgenommen, bis zum 03.08.98 – das sei der Tag der Rückkehr von Dr. Maubesor aus dem Urlaub gewesen – wenigstens einen symbolischen Teil des Kredits auf das Konto des Dr. Maubesor zu überweisen.

Herr Duyan wurde auch nach den Inhalten der Telefonate vom 12.07.98. vom 05.08.98 und vom 17.08.98 (vgl. Blatt 285) gefragt. Er könne sich an die Einzel-

heiten aber nicht mehr erinnern. Eigentlich sei es
Herrn Duyan nur noch darum gegangen, Dr. Maubesor vermeintliche Beweise seiner Bereitschaft zur
Rückzahlung des Geldes zu liefern. Die Anrufe seien
sämtlich von Dr. Maubesor gekommen. Herr Duyan
habe sich nicht mehr um Dr. Maubesor gekümmert.
Herrn Duyan habe das Telefonat aufgeregt, dass
beide vermutlich am 05.08.98 führten. Dr. Maubesor
habe ihm seine Enttäuschung darüber mitgeteilt,
dass Herr Duyan, den von ihm zugesagten symbolischen Teil einer Rückzahlung wiederum nicht erfüllt
habe. Deswegen setze Dr. Maubesor Herrn Duyan
nunmehr eine Frist von drei Wochen. Also bis zum
26.08.98 verlange Dr. Maubesor die Rückzahlung
des Kredites. Widrigenfalls müsse er, Herr Duyan,
mit einer Strafanzeige rechnen. – Einerseits habe
Herr Duyan das Gespräch als eine Erpressung empfunden, andererseits sei er ziemlich cool geblieben,
denn Dr. Maubesor habe in der Vergangenheit

schon vieles angedroht, aber dann doch nicht gehalten.

Der Richter will klären

Richter Krumer hatte das Gefühl, nun doch ganz wesentlich weiter vorangekommen zu sein im Verständnis dessen, worauf es während des Prozesses hauptsächlich ankommen müsse. Auf jeden Fall werde es morgen, am ersten Verhandlungstag, um die Schulden das Angeklagten gehen müssen. Unter der Überschrift »Ökonomische und soziale Lage« seiner Notizen schrieb Herr Krumer auf:

1. Arbeitsvertrag – monatliches Entgelt – Anzahl der Überstunden und Höhe der Bezahlung – Zuverdienst der Ehefrau – vom Sozialamt erhaltene Beträge

2. Arbeitsvertrag von Kuru – Höhe des Verdienstes – Art der Bezahlung – was weiß Duyan über die Buchführung des Geschäftes? – Schwarzarbeit?

3. Ehe (derzeitiger Stand, Gründe für Eheschließung, außereheliche Verhältnisse – was weiß Ehefrau davon) –

Kontakte zu den Schwiegereltern – Kontakte zu und Versorgung der Familie in der Türkei – Charakterisierung der Ehefrau (Fulya) – Entwicklungsstand des Sohnes (Adnan)

4. Wer ist Axel und welchen Charakter hat das Verhältnis zwischen Beiden?

5. Beziehung zur Mafia

Herr Krumer legte ein weiteres unbeschriebenes Blatt Papier auf seine Schreibtischunterlage. Er versah es mit der Überschrift »Argumente für Urteilsbegründung« und notierte:

☐ Wann und wie hat Maubesor Duyan zum Objekt des Geschehens gemacht?

☐ Worin kommt die unmoralische Gesinnung von Duyan und von Maubesor zum Ausdruck?

☐ An welchen Stellen und mit welcher Begründung schiebt Duyan die Verantwortlichkeit für sein eigenes Verhalten von sich ab und delegiert es an Maubesor?

☐ Welche äußeren Umstände bringt Duyan mit seinem betrügerischen Verhalten in Zusammenhang (Vorhandensein weiterer Schulden) und mildert dadurch die Tötung von Maubesor ab?

Der Angeklagte und sein Verhältnis zu Axel

Ünsals Blick durchdrang das kleine Fenster einmal mehr und hielt fest an den beiden mittleren Kreuzen, die von den Metallstäben gebildet wurden, die längs und quer die kleine Luke – von Fenster konnte eigentlich keine Rede sein – vergitterten. Ihm fiel seine letzte Begegnung mit Axel ein, jenem Arzt, mit dem Ünsal nahezu parallel zu Dr. Maubesor ein Verhältnis hatte. Seine Beziehung zu Axel war indessen weitaus lockerer gewesen als die zu Jari. Aber Axel war großzügiger als Jari. Ünsal kam mehr auf seine Kosten, und Axel war aktiver im Bett. Von Axel hatte er Jari irgendwann einmal erzählt. Er stellte ihn damals so dar, als sei er, Ünsal, eine Art Opfer, das von Axel für sexuelle Dienste bezahlt worden war. Das war eines seiner vielen Rechtfertigungen, die auf die Verdammung des Verdammenden, nämlich Axel, hinausliefen. – Aber wie fing das in Wahrheit an mit Axel? Ünsal versuchte sich zu erinnern. Wie die Teile eines Mosaiks, das am Ende doch unvollständig blieb, rief sich Ünsal die Zeit mit ihm ins Gedächtnis zurück.

Es war die vergangene Karnevalszeit, die nun schon länger als ein Dreivierteljahr zurück lag. In irgendeiner der Kneipen von Köln hatte Axel ihn angesprochen. Er hatte damals um Feuer gebeten. Als er Ünsal, in die Augen sah, während er sich die Zigarette anzündete, wurde es unverkennbar, dass Axel diese Bitte um Feuer für die Zigarette lediglich als Vorwand benutzte, um sich ihm zu nähern. Weit nach Mitternacht waren sie dann gemeinsam in eine andere Kneipe gezogen. Als sie beide am frühen Morgen müde wurden, hatte Axel ihn noch auf einen Drink zu sich in die Praxis eingeladen. Ganz selbstverständlich machte Ünals es sich neben Axel auf der Ledercouch bequem. Sie wurde von Axel als Schlafstätte genutzt, wenn er Bereitschaftsdienst hatte. Während Axel sich erhoben hatte, um an einer Art Medikamentenschrank zu hantieren, ging es Ünsal damals durch den Kopf, wie häufig wohl diese Couch für Axel schon eine Spielwiese war gewesen war. Mit wie vielen Gleichgesinnten mag es Axel hier schon getrieben haben?

Zwei Kognakschwenker in der linken Hand, jeweils zur Hälfte gefüllt, kam Axel langsam auf Ünsal zu. Er reichte ihm einen mit den Worten: »Am Wochenende war ich ,unbeweibt', es wäre eine Möglichkeit gewesen, sich also schon eher zu treffen. Da hätten wir uns schon näher kennen lernen können. Mit gutem Willen und Verstand könnten wir uns aber auch regelmäßig, auch an den Wochenenden, treffen, wenn ich Bereitschaftsdienst habe. Das ist etwa ein- bis zweimal im Monat.«

Ohne jeden Übergang erklärte Axel, dass er gerne Ünsals Oberkörper inspizieren wolle. Es mache ihn unheimlich an, seinen Körper so zu sehen, wie ihn die Natur geschaffen habe. Während sich Axel sein Oberhemd aufknöpfte und gleichzeitig seine Schuhe auszog, ergänzte er mit unnötig flüsternder Stimme, dass er Ünsal eigentlich nur über seine Figur treffsicher »benoten« könne. Er sei großzügig und verteile ausschließlich Noten von Eins bis Sechs minus mit abfallender Tendenz in den Fächern: Aussehen, Auftreten, Alter, Gewicht, Körperbehaarung und Schwanzgröße.

Weshalb hatte Axel damals völlig unzusammenhängend erklärt, dass er seit zehn Jahren nur mit einer, nämlich seiner Frau schlafe? Das sei ein bisschen anders hinsichtlich seines Verhältnisses zu Männern:

»Wie lässt man sich mit einem Mann ein?« fragte ihn Axel und gab die Antwort sogleich selbst.

»Ganz einfach, man hat seine Gefühle und Sehnsüchte unter Kontrolle.«

Trotz oder vielleicht sogar wegen seines fortgeschrittenen Alters – Ünsal schätzte Axel um die fünfzig – habe er, Axel, keine Schwierigkeiten, einen Kerl für einmal aufzutreiben. Aber eigentlich suche er etwas Dauerhaftes. Er stehe auf Jüngere. So um die Vierzig sollten sie sein und wie er auch verheiratet. Am meisten stehe Axel auf südländische Typen.

»Ich glaube, du bist so einer!«

Ünsal hatte das unbestimmte Gefühl, dass sich die Dinge so entwickelten, wie er es zwar nicht von Anfang an beabsichtigt, aber es gern gewollt hatte. Er sah voraus, dass Axels Verhältnis zu ihm noch ertragreicher werden könnte, wenn es Ünsal gelänge zu warten und cool zu bleiben. Ünsal war nicht der Mann, der sich von Axels Anmache hätte beeindrucken lassen. Dass Axel ihn zehn Jahre älter schätzte, das allerdings ärgerte Ünsal schon. Ansonsten war er aber ganz zufrieden mit dem Lauf der Dinge. Man konnte indessen nie wissen, ob und wann man bei diesen Geschäften erfolgreich war.

Allmählich gewann Ünsal den Eindruck, in seinem Gegenüber etwas Bubenhaftes gefunden zu haben, das allerdings knallhart durchzugreifen vermochte, seine Meinung offensiv vertrat und überhaupt ein Macher war. Obgleich Axel nicht unbedingt den Anschein erweckte, besonders dominant zu sein, kam es Ünsal damals sehr entgegen, dass Axel den Gang der Dinge vorantrieb. Sie zu gestalten, das allerdings wollte Ünsal weitgehend selbst. Auf den Zufall bauen, ist Torheit; den Zufall benutzen, ist Klugheit. Und den Zufall nutzte Ünsal gelegentlich voll aus. War nicht das, was Ünsal von Axel realistischerweise erwartete, viel zu attraktiv, als dass er es dem Zufall hätte überlassen sollen? Er ging richtigerweise davon aus, dass Axel ein ausgemachter Schmusekater sei. Und das sollte ihn voranbringen.

Es traf sich damals gut, dass Axel mit seiner Frau für zwei Wochen einen Skiurlaub antrat. So nahm sich Ünsal Zeit, seine Fühler nach einem anderen Mann auszustrecken, wie er sich selbst eingestand. »Ach, ja, am Tag von Axels Urlaubsantritt habe ich Jari kennen gelernt.«, fiel es ihm sogleich ein. Nach Axels Rückkehr wartete Ünsal auf dessen Anruf. Und tatsächlich kam er sehr bald. Am Handy beklagte sich Axel, acht Tage keinen Sex gehabt zu haben. Er sei so geil und habe sich gewünscht, wieder recht bald mit Ünsal zusammen zu sein.

Ünsal erinnerte sich noch, wie er Axel während dieses Anrufes umgarnte und in den Hörer hauchte, dass er sich lieber heute als morgen mit Axel treffen wolle. Als Axel darauf sofort einging und ihn zu sich in die Praxis einlud, hatte Ünsal jedoch wohl wissend, warum, abgewinkt. Ja, diese Episode war ihm nicht ohne Stolz ob der erfolgreichen Inszenierung in allen Einzelheiten in der Erinnerung haften geblieben. Er habe nämlich – so gab Ünsal vor – die Möglichkeit, 100 Mark zu verdienen bei einem Landsmann, für den er ein paar Pakete zu transportieren habe. Gelegenheitsarbeit also, aber die müsse sein, um zu Geld zu kommen.

Wie von Ünsal vorausgesehen und erwartet, beeilte sich Axel zu fragen, ob der Transport nicht auch am nächsten Vormittag erledigt werden könne, so dass Ünsal heute Abend zu ihm kommen könne. Ünsal schwieg zunächst, um die Spannung zwischen beiden soweit wie möglich hoch zu regeln. Er genoss, was sich in diesem Moment zwischen beiden ereignete. Mit uneindeutigem Unterton kam er Axel entgegen. Im Prinzip könne er sich schon auf Axels Vorschlag einlassen. Aber da hätte er eben einen Verdienstausfall, über dessen Kompensation Ünsal erst einmal nachdenken müsse. Kurzerhand bot Axel eine Lösung an, indem er Ünsal empfahl, sich die hundert Mark bei ihm abzuholen.

Unausgesprochen war soeben zwischen beiden ein Geschäft abgeschlossen worden. Und Ünsal hatte nun jene Tür aufgestoßen, durch die er gehen musste, um aus dem Verhältnis zu Axel das für ihn Einträglichste zu machen. Schließlich muss man flexibel sein! Mit Genugtuung stellte er fest, dass Axel prompt jeden Ball eifrig aufnahm, den Ünsal ihm zuspielte. War sein Gewinn nicht ein doppelter: das Vergnügen und das Geld? In die Freude darüber mischte Ünsal die Frage, wie die soeben aufgetane Quelle möglichst lange nicht versiege.

Axel und Ünsal trafen sich nun regelmäßig, mindestens zweimal in der Woche. Für beide war das eine heiße Zeit. Ünsal hätte die Frequenz gern erhöht, aber Axel winkte ab, wenn Ünsal anrief und sich nach einem Treff erkundigte. Sofern Axels Frau nämlich wüsste, dass er Kontakt zu einem Mann habe, würde sie Axel „wahrscheinlich den Schwanz abschneiden". Deshalb müsse er sehr aufpassen, dass die Beziehung zu Ünsal geheim bleibe. Axel konnte sich nicht erlauben, dass etwas von seinen Neigungen in seiner Praxis bekannt wurde. Dies kam Ünsal durchaus entgegen, wenngleich aus anderen Gründen. Ünsal hatte nämlich zu verhindern, dass Axel merkte, wie er von ihm ausgenutzt wurde, wie er zunehmend Druck auf Axel ausüben konnte. Falls dennoch die Dinge zum Nachteil von Ünsal laufen würde, bestünde immer noch das Mittel der Erpressung. Ein paar kleine Zeilen an die Axels Arzthelferinnen – vielleicht auch ein paar konkrete Hinweise, deren Ziel darin bestand, dass Axel von dieser Denunziation erfuhr, das wäre eine geeignete Strategie, die Axel willfährig machen könnte. Aber das sei die letzte aller Möglichkeiten. So wiegten sich beide in Sicherheit, beieinander gut aufgehoben zu sein.

In dem Wechsel von Distanz und Nähe kann die Bindung zweier Menschen einen Grad von Einzigartigkeit entwickeln, die es ermöglicht, sich sein Gegenüber ganz zu eigen zu machen. Das wusste Ünsal, und er nutzte sein Wissen. Gelegentlich mied er deshalb den Kontakt zu Axel, wenn er von ihm angerufen wurde. Er nahm das Gespräch nicht an und antwortete auch nicht, wenn Axel in der Mail-Box eine Nachricht hinterließ. Nachdem zwei, drei Tage vergangen waren, entschuldigte sich Ünsal damit, arbeiten zu müssen. Dabei vergaß er nicht den Hinweis, dass er Geld brauche, um leben zu können.

Ünsals Uneindeutigkeit und dennoch kühle Berechenbarkeit brachten Axel allmählich aus dem Gleichgewicht mit sich selbst. Man könnte auch von Unzufriedenheit oder von Instabilität sprechen. Er fühlte sich mehr und mehr unwohl, wenn er an Ünsal dachte.

Von Woche zu Woche merkte nämlich Axel deutlicher, dass die Beziehungen zwischen ihnen beiden ziemlich unsicher waren. Axel liebte den Sex mit Männern und brauchte dafür Ünsal. Er aber liebte mehr noch das Geld für seinen überproportionalen Lebensstandard und braucht zu dessen Verwirklichung entweder illegale Touren oder aber Sex mit finanziell gut situierten Männern. Ein solcher war Axel und ebenso Jari.

Während eines Anrufes fragte Axel einmal, weshalb Ünsal notorisch mit ihm spiele. Mit voluminöser Überheblichkeit wies Ünsal von sich, dass er seine Beziehung zu Axel von der leichten Seite nehme. Doch Axel war genügend im Leben erfahren, um zu wissen: Arroganz ist die nach außen vorzeigte Seite innerer Unsicherheit. Das galt sowohl für ihn wie für Ünsal. So, wie Axel das beiderseitige Verhältnis beurteile, sei doch eigentlich zwischen ihnen alles geordnet.

Ein anderes Mal ließ Axel von sich wissen, dass er mit sich zur Zeit nicht ganz grün sei. Vielleicht werde er seiner Frau von seinen Neigungen erzählen und auch von seinem Verhältnis zu Ünsal. Doch der Pfeil trifft nicht immer jenen, auf den er gerichtet ist, nicht einmal jenen, den er bedroht. Ünsal jedenfalls betrachtete diese Ankündigung als hinreichend, um für einige Zeit auf Tauchstation zu gehen und den Kontakt zu Axel vorerst zu unterbrechen. So wie sich das Beziehungsverhältnis entwickelte, wurde es für Ünsal ein zu heißes Geschäft. Einige Tage waren vergangen, da erkundigte er sich unvermittelt bei Axel, ob er noch lebe. Das war dann für Ünsal auch die Zeit, wieder selbst mit Terminvorschlägen aufzuwarten.

Konnte Ünsal sich sicher sein, dass solche Vorschlä-ge Axel im Grunde genommen sehr entgegen kamen? Ja, er konnte, denn seine Art, mit Axel umzugehen, war im beab-sichtigten Ergebnis goldrichtig. Hatten beide doch diesel-ben Erwartungen aneinander: den anderen zu gebrauchen. Ünsal brauchte Axel zur sexuellen Bedürfnisbefriedigung und als Geldquelle. Axel verfügte über Unsals attraktiven

Körper und seinen sexuellen Erfahrungen. Nichts, aber auch gar nichts ließ Ünsal aus, was die Lust und das Vergnügen vollends erfüllt. Aber davon sagten sie einander nichts. Stattdessen teilte man sich Artigkeiten mit, von denen beide wussten, dass sie nichts weiter als Heucheleien waren. Man sehe täglich das verlangende und verlegene Gesicht vor seinem inneren Auge und höre die Sätze, die nicht gesagt wurden. Das Verlangen, sich gegenseitig zu berühren, paare sich mit der Frage, wie sie häufiger, weniger geheim und dennoch geschützt zueinander kommen könnten.

Ünsal goss Öl in das Feuer, das in Axel brannte, wann immer es möglich erschien. Dieses Öl hatte den Namen Unaufrichtigkeit. Im Nachhinein erklärte sich Ünsal das Verhältnis beider zueinander mit einer Spirale: Die Scheinheiligkeiten, mit denen sich beide versorgten, wurden immer perfekter und erzielten ihre Wirkungen. Beide bekamen alles, was sie von dieser Beziehung bekommen konnten, indem sie sich einander feil boten. Indessen waren Ünsals Gegenleistungen - wie er festzustellen meinte - vergleichsweise gering. Er ließ sich für seine Liebesdienste, die er ansonsten ungelöhnt ebenso gern praktizierte, von Axel regelmäßig bezahlen. Gelegentlich presste Ünsal eine CD für Axel. Darauf war Musik aus seiner Heimat zu hören. Axel fand Gefallen daran. Aber es ärgerte Ünsal noch immer, dass Axel dieses Geschäft weitaus härter, zielgerichteter betrieb als er. Ünsal hatte in dieser Beziehung den weitaus komplizierteren Part zu spielen. Das kam ihm hier in der Untersuchungshaft zu Bewusstsein...

Ünsal öffnete seine Augen, die er zwischenzeitlich geschlossen gehalten hatte und sah in die Luft. Instinktiv glaubt er, sich dadurch genauer an diese Wochen mit Axel erinnern zu können. Allmählich verspürte er das Bedürfnis sich zu bewegen. Er erhob sich von seiner Liege und maß einmal mehr die Schritte von der Tür bis zur Fensterwand seiner Zelle. Seine gedrückt-resignative Stimmung war von ihm gewichen und hatte dem Wunsch Platz gemacht, sich nochmals mit Axel zu treffen. Wenn das nur möglich gewesen wäre! Aus heutiger Sicht tat ihm das letzte Treffen besonders gut. Mit geschlossenen Augen sog Ünsal die Reste von Erinnerungen an den Geruch in sich auf, der damals von Axel ausgegangen war. Ja, ganz gewiss hatte ihm alles an Axel gefallen. Weshalb jedoch hatte sich Axel allmählich so rar gemacht? Wollte er nichts mehr mit Ünsal zu tun haben, weil er ihm zu teuer wurde? Hatte Axel noch jemanden anderen nebenbei? Dann hätte es Axel ihm gleich getan, denn in dieser Zeit war Ünsal emotional schon mehr von Jari als von Axel gefangen genommen.

Wieder formte sich in ihm das Rätsel, weshalb Axel und auch Jari gerade auf ihn gekommen seien. Eigentlich aber wollte er keine Antwort auf all seine vielen offenen Frage haben und geben. Ünsal hatte beide gebraucht, Axel und Jari; jeden auf seine Weise.

Aus heutiger Sicht hätte Ünsal mit seiner Frau über seine Gefühle für Axel und für Jari sprechen sollen und auch über seine Sorgen, die ihm aus dem Verhältnis zu beiden Männern erwuchsen. Sie, Fulya, hatte doch auch ihren Nutzen aus Ünsals Beziehung zu beiden Männern gehabt, wenngleich sie davon gar nichts ahnte. Das Geld, das er gelegentlich nach Hause brachte, war doch ein Zubrot für die drei Duyans. Es hatte sich halt nie der richtige Zeitpunkt für ein solches Gespräch mit ihr ergeben.

In dieser kargen Zelle war es für Ünsal zu einer Gewissheit geworden, dass er hier nicht untergebracht zu sein brauchte, wenn er damals sein doppelbödiges Dasein hinter sich gelassen und sich für ein Leben entschieden hätte, das ihn vor seinen Landsleuten möglicherweise geächtet hätte, wohl aber sein Leben so in den Griff genommen hätte, dass es nicht von der Besessenheit nach Geld und einem überaus risikoreichen Lebensstil getrieben gewesen war.

Wäre die Welt untergegangen, wenn er sich von seiner Frau getrennt hätte und sowohl Axel als auch Jari zum Freund gehabt hätte? Nein, sie wäre es nicht. Vielleicht wäre es ihm geglückt, dass er seine beiden Liebhaber irgendwann irgendwie zusammengebracht hätte. Ünsal hatte den Einen noch nicht gefunden, den er dringend gebraucht hätte, um zufrieden mit sich selbst zu werden. Es kam ihm nun so vor, dass er deshalb zwei aufgegabelt hatte, weil er eine wasserdichte Garantie haben wollte, seine Gier nach Lust stillen zu können. Lust, das war für Ünsal der Inbegriff von Leben, und dem ordnete er alles andere unter, auch sich selbst. Er nutzte, was sich ihm bot und was ihm möglich war. Und das war viel. Es ging ihm vergleichsweise gut dank Axels finanzieller Zuwendung. Seine vielen Schulden hätte er weniger gelassen auf sich nehmen sollen als er es tatsächlich tat, mit ihnen lebte.

Ein anderer Gedanke formte sich in Ünsal, während er sich zwischenzeitlich auf den Kiefernstuhl seiner Zelle gesetzt und seine Beine auf das Bett gelegt hatte. Eigentlich hatte er sich nicht verlieben wollen, weder in Axel noch in Jari. Ünsal wollte stets seine Gefühle gegenüber jedem seiner Freunde oder Partner unter Kontrolle halten. Dass er dies nicht geschafft hatte, darin bestand das eigentlich Verhängnisvolle für ihn. Ünsal war die Beziehung zu Axel, mehr noch zu Jari eingegangen, um finanziell voranzukommen. Bei Axel was das Geschäft erfolgreicher als bei Jari, wie sich Ünsal hier in der U-Haft zum wievielten Male nun schon eingestehen musste.

Wenn doch einer der beiden ihm irgendeinen gut bezahlten Job vermittelt hätte! Ünsal hing dem Gedanken lange Zeit nach und malte sich aus, wie seine Zukunft, die ihn nun eingeholt hatte, ausgesehen hätte, falls er einer der hierzulande üblichen, weil offiziellen und geregelten Arbeitstätigkeit nachgegangen wäre. Möglicherweise wäre sein Einkommen geringer, aber geregelter und legal gewesen. Ich, Ünsal, der Bürger, der jeden Tag seiner festen Arbeit nachgeht und die Abende und Nächte mit einem Partner auf Dauer verbringt! Hätte der Partner Axel oder Jari sein können? Wohl nicht, denn sie lebten in ihrer Familie und jeder hätte allenfalls zwei Mal in der Woche bei ihm sein können.

Und wenn Ünsal bei seiner Frau geblieben wäre und sich weiterhin mit einem von beiden getroffen hätte, ohne aus der Beziehung ein Geschäft werden zu lassen? Da sie ihm unabhängig voneinander gelegentlich ein paar Mark gaben, mit ihm essen gingen, seine Tankfüllungen bezahlten, einfach so, wie man einem anderen zeigt, dass man ihn mag und sich ihm gegenüber verpflichtet fühlt, wäre das für Ünsal auf Dauer auch okay gewesen? Irgendwann hätte Fulya nicht mehr mitgespielt, weil der Einfluss ihrer Sippe auf sie und damit letztlich auch auf ihn beträchtlich war. Die Familie hätte Ünsals Treiben irgendwann zur Kenntnis bekommen, da war sich Ünsal ganz sicher. Die Mafia hatte selbst in den privatesten Dingen ihre Hände im Spiel. Und sie hatte Augen, die selbst in der finstersten Ecke klar sehen konnten.

Ünsals gedankliche Konstruktionen wurden nicht nur zunehmend hypothetisch, sondern auch wirr. Er merkte das und zog unter diese fiktiven Ausflüge einen Schlussstrich:

»Selbst aus heutiger Sicht war es das Beste gewesen, dass ich unter den damals gegebenen Umständen die Beziehungen zu Axel von Anfang an als ein Geschäft betrieben habe! Ja, dazu stehe ich heute noch immer!«

Hatte Ünsal deswegen Grund, sich als niederträchtig und verkommen zu fühlen – oder war er mit Axel lediglich einen stillen Handel zum gegenseitigen Vorteil eingegangen, der mit Moral ebenso viel zu tun hatte, wie das Säuglingsalter mit der Geschichte der Erde? Hatten Ünsal und Axel den Kontakt zueinander wegen seines leichten Sinnes gesucht, wegen ihrer verlogenen Offenheit, wegen der Unkompliziertheit ihrer Beziehung, wegen ihrer gegenseitig anziehenden Körperlichkeit? Oder mochte Axel ihn lediglich deshalb, weil er ein relativ leicht verfügbares und noch dazu kostengünstiges Lustobjekt war?

Ünsal kam sich bei seinen vielen Fragen vor wie die Farbmischungen auf der Palette eines Malers, der zu viele Farben ineinander gerührt hatte und nun deren einzelnen Komponenten vergessen hatte, um sie abermals herstellen zu können. Auch der erfahrenste und talentierteste Maler wird sich unter solchen Umständen die Hände über dem Kopf haltend fragen, was er da angerichtet habe.

Damals, als er mit Axel seine hohe Zeit hatte, aber die Zusammenkünfte mit ihm nicht mehr so regelmäßig und häufig waren, rief Ünsal abends in der Praxis bei Axel an. Er hatte sein Telefonat gut vorbereitet und begann das Gespräch damit, dass er sich nach den Gründen erkundigte, weshalb Axel seit drei Wochen nicht mehr angerufen habe, wiewohl Ünsal sein Versprechen hatte. Er komme mit manchem nicht so sehr gut zurecht, was in letzter Zeit zwischen ihnen beiden passierte.

»Ich will nachvollziehen können, weshalb du dir innerhalb von drei Wochen nicht vier Stunden frei nehmen kannst, damit wir beide uns wenigstens kurz, so für zwei, drei Stunden sehen können. Wir haben alle 24 Stunden Zeit pro Tag. Wofür wir diese brauchen, das liegt zwar nicht ausschließlich, aber doch weitgehend bei uns selbst.«

Wenn zwischen Axel und Ünsal weit mehr als nur eine sexuelle Geschäftsbeziehung bestanden hätte, dann hätten sie sich auch häufiger getroffen – und eben nicht nur für Geld. Das hätte Ünsal schon allein sein Stolz diktiert.

Das Telefonat beendete Axel und nicht Ünsal. Seine innere Stimme sagte Ünsal, dass ihm die Gestaltungskraft seines Verhältnisses zu Axel aus den Händen genommen worden war. Bereits während dieses Anrufes erinnerte sich Ünsal, dass Axel gelegentlich kleine Hinweise gegeben, mehr oder weniger versteckt Zweifel geäußert hatte, ob das beiderseitige Verhältnis so wie bisher fortbestehen könne. Ünsal gewann damals den Eindruck, als würde der Atem aus ihrer Gemeinschaft entweichen.

Aber damit mochte Ünsal sich nicht abfinden, wie er aus dem noch folgenden Gang der Dinge ableitete. Nach langen Überlegungen entschied er sich für eine Strategie, die man ihn vor vielen Jahren in der Schule beigebracht hatte: Wenn du jemanden etwas lehren willst, dann fang es behutsam an. Falle nicht mit der Tür ins Haus. Wähle ein Bild, eine Metapher! Als Schüler lasen sie im Unterricht für verschiedene Anlässe Geschichten, die solche Metaphern enthielten. Nach und nach bestand ihre Aufgabe darin, diese sich gegenseitig zu erzählen. Der Hörer hatte die Aufgabe, den Sinn der Metapher zu deuten. Diese Schulstunden mochte Ünsal besonders gern, denn er lernte, geschickt solche Geschichten auszuwählen, die unterhaltsam waren und bei denen der Hörer nicht bereits nach der ersten Minute wusste, was die eigentliche Botschaft der Metapher sein sollte.

Ünsal grub hier in seiner Zelle seine längst vergangenen Erlebnisse aus, wie er spät abends im Bett, neben seiner schlafenden Frau liegend, eine Geschichte in einem der wenigen Bücher gesucht und gefunden hatte, die er von Zuhause mitgenommen hatte und die im großen und ganzen jene Botschaft enthielt, welche er Axel mitteilen wollte.

Am nächsten Tag nahm er sich die Zeit und tippte die Geschichte auf den Computer des Geschäftes ab. Er nutzte dazu die Vormittagsstunden, weil in dieser Zeit wenig zu tun war. Briefe zu schreiben, war eine Mühsal für ihn. Er hatte keine Übung darin. Die Rechtschreibkorrektur-Anzeige und auch andere Hilfen des Computers halfen ihm, den Text einigermaßen richtig und ansehnlich zu Papier zu bringen. Er zog es ohne Gleichen vor zu telefonieren als zu schreiben. Beim Schreiben wandelte er die Geschichte ein wenig ab, indem er die Story in die Gegenwart verlegte, den Helden hierzulande bekannte Namen gab und insgesamt den Text auf sein Verhältnis zu Axel konzentrierte. Die Abschrift dieser Metapher hatte er in den wenigen Unterlagen liegen, die er mit in die Untersuchungshaft genommen hatte und die ihm nicht abgenommen worden waren. Er suchte den Brief und fand ihn nach einigem Hin- und Herblättern zwischen zwei Briefen seines Rechtsanwaltes, setzte sich abermals auf den Rand seines Bettes und las den Inhalt der Geschichte, seiner Geschichte:

Lieber Axel, ich möchte Dir eine Geschichte erzählen. Geschichten machen einen neugierig, manchmal vielleicht nachdenklich und zuweilen verändern Geschichten sogar die Wirklichkeit – unsere eigene Wirklichkeit, falls man sich dazu etwas Zeit nimmt.

Ich will Dir erzählen von Till und Lutz, zwei Jugendlichen. Till war der jüngere von beiden. Er wirkte locker, lebenspraktisch und frohgemut. Manchmal konnte man fast denken er sei oberflächlich, ein richtiger Macher. Aber das ist wirklich nur eine Nebensache.

Lutz hingegen war das, was man einen Phantasten nennt. Er hatte hohe Ansprüche an andere und die höchsten an sich selbst. Lutz neigte zur Nachdenklichkeit, so dass Till gelegentlich sogar darüber witzelte, was Lutz nicht weiter beeindruckte. Außer diesen Unterschieden war da noch der des Wohnortes. Wenn Till und Lutz sich persönlich gegenüber treten wollten, dann mussten sie wenigstens eine Stunde Rad fahren. So half es ihnen, dass sie entweder die modernen Medien oder das Telefon nutzen konnten, um miteinander in Kontakt zu treten. Und diese Möglichkeiten nutzten beide – heimlich, denn von ihrer großen gemeinsamen Leidenschaft sollte niemand wissen. Diese Leidenschaft bestand darin, dass sie ein unersättliches Verlangen hatten, Wasserpfeife zu rauchen.

Was investierten sie nicht alles, um sich diese Begehr zu stillen! Wenn jeder vor sich hin träumte, wie der blaue Dunst aufsteigt, wie sie sich dabei in die Augen schauen und wie dabei alles nicht Sichtbare und Hörbare immer intensiver und gemeinsamer wird. Es ist für Außenstehende schwer, das nachzuvollziehen, was beide alles miteinander verband und was sie sich ersehnten. Doch diese Wahrheit sollte ausschließlich diesen beiden gehören. Niemand sonst durfte, ja, sollte davon erfahren, damit es das Geheimnis dieser beiden blieb.

Wen sollte es überraschen zu erfahren, dass Lutz und Till mehr und mehr feststellten, was ihnen gemeinsam war? Und das war ziemlich viel! Im Dunkeln sein und seiner gespannten Sehnsucht zu gehorchen, seiner Abwechslung von Zuversicht und Ermattung ausgeliefert zu sein und seinem endlichen Durchbrechen zur Klarheit, das kennt nur, wer es selber erlebt hat. Also versicherten sich Till und Lutz, ihre räumliche Distanz kein Hindernis werden zu lassen. Gemeinsam möglichst viel zu unternehmen und für einander da zu sein, so gut es ging. Ja, das war nachgerade ein Schwur, den sich beide gegeben hatten, als sie sich nach einem besonders schönen Raucherlebnis voneinander verabschiedeten.

Erst allmählich bemerkte Lutz, dass die Zeit länger und länger wurde, bis Till sich bei Lutz meldete. Aber das war nicht weiter verwunderlich, denn Till sagte, er habe immer und immer wieder so viel zu tun, was seine Zeit sehr in Anspruch nehme. In Gedanken sei er trotzdem schon beim nächsten Treffen. Seine Vorstellungen, gemeinsam Wasserpfeife zu rauchen, bekamen immer mehr Kontur, ergriffen von ihm Besitz und formten sich Streben zur Wirklichkeit. Und die Gelegenheiten dazu werden ganz bestimmt zunehmen, nur müsse Till erst einiges Zuhause regeln. Das brauche seine Zeit.

War es wirklich so oder bereitete es Till Schwierigkeiten, sich zu diesem seinem Verlangen zu bekennen? Nicht, dass es ihm Probleme bereitet hätte, seine Wünsche anderen gegenüber anzumelden! Könnte es nicht vielmehr so sein, dass Till die Folgen seines Verlangens weniger bedachte als es notwendig gewesen wäre? War es das Spiel mit dem Feuer, das Till faszinierte? Er schien jedenfalls nicht zu merken, was er damit bei sich und anderen anrichtete. Du denkst stets weniger als du weißt und du weißt mehr als du momentan denkst – Nützliches und Unnützes; Helfendes und Überflüssiges. So also war das bei Till! Oder doch anders?

Vielleicht war Lutz in dieser Beziehung schon weiter als Till. Oder er war ungeduldiger? Till jedenfalls empfand seine Ermutigung, das häufiger zu tun, was man gern tut, als Druck. Pressionen waren ihm lästig, hinderlich und ermüdend, denen er sich am liebsten entledigen wollte. Till indessen war sich unsicher darüber, wie er dem Druck erfolgreich entgehen konnte. Gleichzeitig aber wollte er Lutz nicht vor den Kopf stoßen. Also entzog sich Till diesen Gesprächen oder er forderte Rücksicht. Intoleranz ist die Rüstung der eigenen Unsicherheit. Und das war bei Till daran festzustellen, dass er die vielen Fragen und Angebote von Lutz zumeist ignorierte.

War dies nur ein Hinhalten? War es ein Doppelspiel, vielleicht sogar ziemlich dilettantisch inszeniert von Till? Das Gesicht des Menschen erkennst du bei Licht, seinen Charakter im Dunkeln. Ja, wirklich: Till hatte sich zu weit vorgewagt. Schließlich war Wasserpfeife rauchen auch Rauchen. Und das konnte er bequemer haben. Warum nicht einfach in der Nähe sich das besorgen, wonach man verlangt? Ein Zigarettenautomat war ja nicht weit. Es brauchte doch niemand mitzukriegen, welche Gelüste Till hatte und wie er damit umging. Auch Lutz brauchte nicht mitzukriegen, dass Till nicht zu seinen Worten stand. Aber Lutz das glauben lassen, ihn in Sicherheit zu wiegen, ja, dass sollte schon so sein. Könnte Lutz jemand sein für besondere Gelegenheiten?

Lutz hingegen konnte nicht gut mit dem Gefühl umgehen, hingehalten oder gar ausgenommen zu werden. Für Till hingegen war seine gegenwärtige Lage so, dass er damit ganz gut leben konnte. Geduld ist jene Kunst, seine Ungeduld zu verbergen. So bekam er das, was er wollte und holte sich das, was er brauchte. Und wenn Till spürte, dass Ungeduld in Lutz aufkam, wenn Lutz darum bat, was Till eigentlich auch wollte, dann wusste sich Till eigentlich ganz gut zu helfen und den Druck abzufedern: Er verwies auf sein starkes Eingespanntsein im Beruf. Er verwies auf seine langfristige Planung, wenn es um seine Freizeit gehe. Till könne nicht kurzfristig Termine vereinbaren. Er brauche zudem viel Schlaf, und seine Familie habe ein Anrecht zu wissen, aus welchem Grunde er sich zuweilen abseilte, wie Till seine Treffen mit Lutz umschrieb. - Allmählich begriff Lutz, was Till gemeint hatte, als er ganz am Anfang ihrer Bekanntschaft davon sprach: Man muss ja nicht immer alles so genau nehmen, was ich sage.

Mit der Zeit kamen Lutz die gelegentlichen kurzen Anrufe von Till vor wie ein Regenschauer im April: Unvermittelt, kurz und unwirksam – eigentlich überflüssig. Denn das, was Till am Telefon zu sagen hatte, das konnte auch am Biertisch des Kegelclubs mitgeteilt werden. Es gibt keine Intimität ohne Verwundbarkeit. Und Till wollte unverwundet bleiben. Die Lust, gemeinsam Wasserpfeife zu rauchen, geriet allmählich, langsam und ebenso unauffällig in den Hintergrund. Sie, die Lust, und sie, die Versagung, - beides kam Lutz wie ein Gletscher vor, der sich unmerklich verschiebt und dabei alles um sich herum verändert. Aber in den Köpfen der Beiden wirkte sie immer noch, die Lust. Wollte Till sein Vergnügen lieber mit einem anderen Raucher teilen? So schoss es Lutz in letzter Zeit mehr und mehr durch den Kopf - wie ein Blitz, der unangekündigt sich seiner voll und ganz bemächtigte und über den Lutz keine Kontrolle hatte. Mühevoll schob Lutz solche Gedanken beiseite, sobald er sich ihrer bewusst wurde. Schließlich gehörten Lutz und Till sich ja nicht, wie ein Geldbeutel einem gehört.

Nein, das war es nicht, was Lutz mit seinen Wünschen allein ließ. Da war es schon eher dieser Ärger über das Ausklammern wirklich wichtiger Angelegenheiten, die beide betrafen. Wer seine Auffassung zum alleinigen Maßstab macht, selbst, wenn er sie verschweigt, der ist nicht stark, sondern unduldsam und vielleicht sogar grausam. Der wirklich Starke hält andere

Meinungen aus, geht darauf ein und sucht nach Ansätzen von Übereinstimmung.

Wann könnte wieder ein Date sein, an dem sie gemeinsam Wasserpfeife rauchen würden? Was könnte in der Beziehung der Beiden passieren, das verbindet, also Gemeinsamkeit schafft im Hier und Jetzt und für die Zukunft? Lutz stellte im Ergebnis seiner langen, fruchtlosen Überlegungen fest, dass seine Sehnsucht einer Flasche guten alten Weines vergleichbar war: Sie wurde wie ein wertvoller Schatz aufbewahrt, um sie anlässlich einer ganz besonderen, seltenen Gelegenheit zu genießen. Als sie dann vom Staub und Muff der Vergangenheit befreit und geöffnet worden war, blieb die Erfüllung all der Sehnsüchte aus, denn der Wein war umgekippt. Er war zu Essig geworden; sein Beigeschmack war übel.

Lutz schätzte Till viel zu sehr, er mochte ihn überaus, so dass er vieles unternommen hätte, die Bindungen beider aneinander nicht versanden zu lassen. Andererseits wollte Lutz nicht wie ein Objekt verfügbar, nicht das Spielzeug eines Kindes sein, dass damit nichts mehr anzufangen weiß und unbeachtet bleibt. Was auch immer Lutz überlegte, es fiel ihm keine Lösung ein, an deren Ende nicht die Selbstverleugnung gestanden hätte. Nein, er fand keine Lösung, und das bekümmerte ihn so sehr, dass er sich dazu entschied, ...

Lieber Axel, was auch immer Lutz in dieser Geschichte entschied, ich überlasse es Deiner Phantasie. Wenn ich die Zeichen Deines Schweigens richtig deute, dann werden wir uns vermutlich längere Zeit nicht sehen. Du hast viel Arbeit. Und nicht wenige davon ist Klärungsarbeit – mit dir selbst, mit der Gestal-

tung Deines Alltages und ganz am Ende vielleicht auch mit mir. Ünsal.

In Gedanken versunken, legte Ünsal diesen Brief zurück zu seinen anderen Unterlagen. Es war ihm, als ob er
gestern diese Geschichte geschrieben hätte. Er hatte sich als
Lutz ausgegeben und jener Till, das sollte Axel gewesen
sein. Ünsal war klar, dass nun eine Entscheidung fällig
werden würde, als er den Brief in den Briefkasten geworfen hatte. Wäre doch nicht immer wieder dieses sein dum-
mes Herz gewesen, das viel zu häufig anders schlug als
Ünsal es wollte! Er müsste einfach nicht darauf hören, was
ihm seine innere Stimme riet. Einfach genießen, Axel als
einen Menschen ansehen, der genügend Geld hat und davon nicht ärmer wird, dass er allmonatlich Ünsal drei Prozent seines Einkommens hinlegt.

»Drei Prozent, das ist ihm fast nichts – und mir si-
chert es mein Auskommen!« Aber hätte Ünsal auf Dauer so
leben können? Axel ein Freund – sein Freund? Nein, das

war nicht möglich, nicht unter seinen Lebensbedingungen! Ein stiller Beobachter hätte feststellen können, wie sich Ünsals rechte Hand zu einer Faust ballte, wie seine Kiefermuskulatur sich anspannte und aus seinen Lippen ein Zischlaut entwich: »Schsch...!« Dabei nahm er seine Füße von der Bettkante.

Wie Ünsal erwartet hatte, meldete sich Axel ziemlich bald. Zwei Tage waren vergangen, seitdem der Brief der Post übergeben worden war und nun Axel zum Handy griff. Ein unbestimmtes, nein besser: ein unbehagliches Gefühl überkam Ünsal, als er auf das Display seines Handys sah und an der Nummer des Anrufers erkannte, dass es Axel war, der sich nun meldete.

»Hallo Ünsal, ich möchte gleich zur Sache kommen, zu Deinem Brief. Die Geschichte, die du mir schreibst, ist gut, aber ich muss feststellen dass Till ein Arschloch ist. Ich hoffe nur, dass du ihn nicht kennst. Ansonsten bestell ihm schöne Grüße und dass man so nicht mit einem Menschen umgehen kann.«

Axel hielt eine Weile inne, um Ünsal die Möglichkeit eines Kommentars zu geben. Als er vernahm, dass Ünsal nichts zu entgegnen hatte, fuhr Axel fort:

»Aber die Geschichte stimmt nicht, wenn sie auf uns beide gemünzt sein sollte. Sie stimmt hinten und vorne nicht. dir ging es doch nur um mein Geld. Sei doch ehrlich, du wolltest da rankommen. du bist doch nur darauf aus gewesen, dich für Geld von mir blasen und ficken zu lassen. Glaub bloß nicht, dass ich das nicht mitgekriegt habe. Das war mir von Anfang an klar. Und ich wollte es so. Was ich aber auch wollte, war, dass du nicht mehr die Rolle eines Strichers spielst. Aber nicht viel anderes scheinst du ja zu können. Weißt du, dass du eine ziemlich miese Type bist. Ich bin einigermaßen sicher, dass außer mir noch andere zu deinen Geldgebern zählen. Mach nur so weiter, aber nicht mit mir. - Ach, da fällt mir noch ein Reim ein. Der geht so: ‚Ja, liebster Stricher, du hast sehr recht; die Welt ist ganz erbärmlich schlecht, ein jeder Mensch ein Bösewicht; ich auch, nur du, nein du ganz sicher nicht.' - Und das noch zum Schluss: Sollte ich mich bei dir irgendwie infiziert haben, dann Gnade dir Gott!«

Ehe es Ünsal überhaupt merkte, hatte Axel das Gespräch abgebrochen. Ünsal wusste jetzt nicht weiter. Tiefes Ausatmen folgte einem ebenso tiefem Einatmen. Abschied nehmen, das war klar, von einem nicht uneigennützigen Gönner, das ist auch einer der tausend kleinen Tode, die wir in unserem Leben immer wieder sterben. Aber wer an seine Arbeit geht, weint nicht, wenn es eine Arbeit ist von der Art, dass Menschen lernen, darüber zu reden, was ist, was war und was sein kann. Doch genau das konnte Ünsal nicht. Seine Arbeit war von jener Art, über die man schweigt, wenn man den Auftrag erhält und noch immer schweigt, wenn sie schon längst getan ist. Hinzu kam noch, dass Ünsal seine Kontakte zu Axel keineswegs als eine Arbeit ansah. Es war ihm Vergnügen, ein einträgliches Vergnügen gewesen.

So oder so ähnlich war das Verhältnis zwischen Axel und Ünsal zu Bruch gegangen. Mit der Geschichte hatte er sich eigentlich schon von Axel verabschiedet, aber das kam ihm erst sehr viel später zum Bewusstsein. Axel war für Ünsal nicht mehr wichtig, weil Jari mehr und mehr in sein Leben eingetreten war. Das resümierte er, als er sich zu dem hindrehte, was man Tisch in der Zelle nennt. Dort lag seine Schachtel Zigaretten. Er nahm sich eine, die dort lag. Eigentlich mochte er gar nicht rauchen, den er hatte heute schon zu viel geraucht. Er hatte sie nicht gezählt. So kleinlich mochte er nicht sein. Ein großzügiger Mensch ist wie ein offener Brief: Jeder kann ihn lesen. Indessen war Ünsal kein großzügiger Mensch. Er war festgelegt auf seinen Lebensstil, der ihn wie ein Strudel hin- und herriss und all die Seinen ebenfalls. - Den ersten Zug seiner Zigarette sog Ünsal besonders tief ein.

Das Tatgeschehen

Richter Krumer hatte sich bis zur unmittelbaren Vorgeschichte und zum Tathergang vorgearbeitet. Das Gutachten las sich bis dahin einigermaßen überzeugend. Seinen

Eindruck stützte er darauf, dass es unterhaltsam und flüssig zu lesen war. Ein Blick zur Uhr mahnte ihn, dass es normalerweise Zeit war, die Nachrichten des Tages aus dem Fernsehen zur Kenntnis zu nehmen. Dies war eine ihm lieb gewordene Gewohnheit. Im allgemeinen war Krumer kein besonderer Freund von Gewohnheiten, denn er hielt es mit Nietzsche, der feststellte: Der Mensch ist ein mittelmäßiger Egoist; auch der Klügste nimmt seine Gewohnheit wichtiger als seinen Vorteil. Eine kleine Weile überlegte Krumer, ob er eine Pause machen solle und rüber ins Wohnzimmer zum Fernseher gehen sollte. Dann wäre er der »Gewohnheits-Egoist« gewesen. Worin bestand jetzt sein Vorteil? Wenn er weiter lesen würde, bestünde sein Vorteil darin, mit den Vorbereitungen für morgen noch vor Mitternacht fertig zu sein. Eine Pause führte nun aber auch dazu, dass er abgelenkt werde und anschließend Mühe hatte, den bisherigen Faden aufzugreifen. Also: Der Vorteil obsiegte über die Gewohnheit. Und Krumer amüsierte sich über sich selbst, wie er psychologisierte. War das eine Folge, die aus dem Studium des Gutachtens resultierte?

Im Übergang zu einem erneuten Anlauf, sich der Expertise zu widmen, erwog er, ob es vielleicht Zeit sei, etwas zu essen. Nein, hungrig war er nicht. An den Sonntagabenden fiel in aller Regel das Abendbrot aus. Das Mittagsmahl und der Kuchen zum Kaffee am Nachmittag – alles das enthielt mehr Kalorien als für ihn zuträglich waren. Er hatte auch beide Male reichlich zugelangt, sodass er für den Rest des Tages genügend gesättigt war. Krumer liebte es, um diese Zeit seinen Longdrink zu sich zu nehmen. Also stand er doch auf und holte sich aus der Küche entgegen seiner Gewohnheit, einen »gespritzten« Orangensaft, einen gehörigen Martini, den er über drei Eiswürfel goss und mit Orangensaft auffüllte. Das Glas in der Hand beugte sich Krumer über das Gutachten und informierte sich, was Dr. Staller von Duyan über den Hergang des Tatgeschehens erfahren hatte. Er las:

Am Dienstag, dem 25. August, habe Herr Duyan von Dr. Maubesor einen Anruf bekommen. Das sei so gegen halb fünf gewesen, als das Geschäft voller Kunden war. Während des Telefonats habe er erfahren, dass Dr. Maubesor bei einem Rechtsanwalt gewesen sei. Er, Herr Duyan, werde in den nächsten Tagen einen Brief bekommen, in dem er aufgefordert werde, die elftausend Mark bis zum 30. November zurückzuzahlen. Falls das bis dahin nicht erfolgt sei, werde er, Herr Duyan, mit einer Anzeige wegen Betruges zu rechnen haben. Herr Duyan sei völlig perplex gewesen über diese Nachricht. Unter Freunden könne man doch miteinander reden.

Dr. Maubesors Stimme habe irgendwie gezittert, so aufgeregt sei er gewesen. Er ließ Herrn Duyan wissen, dass er keine andere Möglichkeit als die gesehen habe, den Rechtsweg zu beschreiten.

Ungezählte Angebote habe er ihm unterbreitet, aber er, Ünsal, habe sich auf nichts eingelassen, sondern ihn hingehalten. Herr Duyan habe es letztlich so gewollt.

In diesem Telefonat habe Herr Duyan seine einzige Chance darin gesehen, Jari um ein Gespräch zu bitten. Das habe er auch eindringlich versucht. Dr. Maubesor habe indessen zunächst abgelehnt. Sein Rechtsanwalt habe dringend geraten, zu Herrn Duyan nunmehr keine persönlichen Kontakte zu pflegen. Dr. Maubesor solle alles Weitere dem Rechtsanwalt überlassen. Zudem fühle er sich heute nicht dazu in der Lage. Tags darauf könne er auch nicht zu einem Treffen kommen, weil er da auswärts einen Termin habe. Schließlich habe Dr. Maubesor doch eingewilligt, dass man sich in zwei Tagen, aber nicht vor halb neun abends treffen könne.

Auf seine Frage nach dem Ort des Treffens habe Herr Duyan geantwortet: »Überall, wo du willst!« Daraufhin habe Dr. Maubesor jenen Parkplatz vorgeschlagen, der zum eigentlichen Ort der Tötungshandlung werden sollte.

An jenem Dienstagabend ab sieben, halb acht, sei Herr Duyan unruhig geworden, er habe keinerlei Konzept gehabt, wie er erreichen könnte, dass Jari davon ablässt, den Rechtsanwalt mit der Sache zu befassen. Er sei erst gegen acht nach Hause gefahren. Schließlich habe er dann den Verdacht geschöpft, dass der angekündigte Brief des Rechtsanwaltes doch bloß eine Finte sei und dass überdies Jari es gar nicht wahr mache, was in dem Brief stehen werde. Er sei ziemlich deprimiert, fast verzweifelt gewesen. Die ganze Nacht habe er nicht schlafen können. Und als seine Frau sich erkundigte, was denn mit ihm los sei, habe er so getan, als ob er schlafe.

Wie Herr Duyan den Mittwoch durchstanden habe, könne er heute nicht mehr so genau sagen. Er sei so zerstreut gewesen, dass er die Anliegen einiger Kunden erst nach mehrmaligem Nachfragen verstanden habe. Herrn Kuru habe er jedenfalls nichts von dem Schreiben des Rechtsanwaltes gesagt, das Jari ihm angekündigt habe. Ihm gegenüber habe er seine Nervosität damit begründet, dass es wieder mal Zuhause Probleme gebe und Fulya zu ihren Eltern ziehen wolle.

Abends dann habe sie Adnan und ihm Milch heiß gemacht und sich dann neben ihn gesetzt. Heiße Milch beruhige. Dabei habe sie gefragt: »Was denkst du eigentlich die ganze Zeit. Man könnte meinen, du seiest verrückt. Du guckst, als ob du mich fressen wolltest.« Letzteres habe sie türkisch gesagt, damit Andnan es nicht verstehen konnte. Er habe nicht darauf geantwortet, sondern gefragt: »Was kommt im Fernsehen?« Sie habe ihm geantwortet, dass der Spielfilm »Luft zum Atmen« gesendet werde, den sie gerne noch einmal sehen wolle.

Die ersten dreißig Minuten hätten sie den Film gemeinsam angesehen. Dann habe er gesagt, er sei sehr müde und werde jetzt schlafen gehen. Schlaf sei aber nicht über ihn gekommen, doch wann Fulya ins Schlafzimmer gekommen sei, das habe er nicht mitgekriegt. Nach Mitternacht seien beide wach geworden. Er habe ihr das linke Bein, das in seiner Nähe lag, gestreichelt, um sich zu beruhigen. Dann seien sie beide eingeschlafen. Den Sex, den sie haben wollte, habe er ihr ohne jede innere Beteiligung gegeben. Am Morgen gegen sieben habe Adnan seinen Vater geweckt.

Für die Begegnung am Abend des 27. August habe sich Herr Duyan ein weißes Hemd, seine Lederjeans und die Lederweste angezogen, weil dies Dr. Maubesor so gut an ihm gefiel. Herr Duyan wollte alles daran legen, dass er das Geld vorerst gestundet bekäme und dass der Rechtsanwalt aus der Angelegenheit heraus bleibe. Der Brief des Rechtsanwaltes hatte Herrn Duyan am Vormittag des Tattages, also am Donnerstag, dem 27. August, per Einschreiben mit Rückschein erreicht (vgl. Blatt 67).

Nach Geschäftsschluss sei Herr Duyan nicht nach Hause gefahren, sondern habe Fulya angerufen, um anzukündigen, dass es heute später werde. Er habe noch einen Auftrag außerhalb von Köln zu erledigen. Im Geschäft habe er sich Kaffee gemacht und flotte Musik eingeschaltet. Dabei sei er zunehmend nervöser geworden und habe nachgegrübelt.

Die Fahrt zum Parkplatz sei ihm wie eine Ewigkeit vorgekommen. Herr Duyan hatte sich vorgenommen, besonders freundlich zu Jari zu sein, seine Fehler zuzugeben und auf eine Möglichkeit zu hoffen, wie er ohne allzu große Anstrengung einen Teil der Schulden begleichen, den anderen Teil aber erlassen bekommen könnte. Herr Duyan wollte Dr. Maubesor nochmals anbieten, seine neue HiFi-Anlage und den Familienschmuck als Pfand zu hinterlegen. Die Bank und alles damit Zusammenhängende sollte Jari festlegen.

Auf Nachfrage gab Herr Duyan an, dass er sich zu diesem Zeitpunkt »arg geknickt« und zugleich innerlich wütend gefühlt habe. Er sei an dem Punkt gewesen, sich endgültig Jari zu öffnen und ihm alle seine Schulden konkret aufzuzählen. Auch wollte er sein Vorleben Jari ungeschminkt wissen lassen. Aber er verwarf diesen Vorsatz sogleich wieder, weil er seine Gesamtschulden ohnehin nicht genau kannte und weil Jari ihm vermutlich doch nicht glauben würde. Wenn Dr. Maubesor gesagt hätte: »Das und das will ich von Dir«, dann wäre es für ihn wohl kein Problem gewesen, sich dieser Forderung zu öffnen. Jedenfalls hätte er sich zunächst darauf eingelassen.

Auf die Minute genau hätten sich er, Ünsal, und Jari am verabredeten Treffpunkt eingefunden. Ünsal sei als erster aus seinem Auto ausgestiegen und auf Jaris Auto zugegangen, habe die Tür geöffnet und ihm die Hand zum Gruß gereicht. Von ihm sei der Vorschlag zu einem Waldspaziergang gekommen. Im Wald habe Dr. Maubesor Herrn Duyan recht unvermittelt aufgefordert, ihm seine Hand zu reichen. Dabei dachte er, dass Jari vielleicht sich wieder mit ihm versöhnen wolle. Wortlos seien sie Hand in Hand eine Weile gegangen. Sie hätten während des Weges auch geraucht, das heißt, dass Dr. Maubesor gelegentlich einen Zug von Herrn Duyans Zigarette genommen habe. Er habe eigentlich immer behauptet, Nichtraucher zu sein. Dann habe Jari Herrn Duyan aus heiterem Himmel die Frage gestellt, ob er ihn noch möge. Mit seiner Antwort habe er sich lange Zeit gelassen, weil ihm durch den Kopf ging: »Was hat er vor? Will er mich erpressen?« Wenn Herr Duyan Ja sagen würde, dann müsste er befürchten, dass Jari dies als eine geschmacklose Lüge deklarieren würde. Wenn er aber Nein sagte, hätte Jari einen weiteren Grund gehabt, die Herausgabe des Geldes sofort zu verlangen. Nachdem Herr Duyan dennoch Ja gesagt habe, seien wieder einige Minuten des Schweigens vergangen.

Dr. Maubesor habe angefangen, von den LKWs zu sprechen, die auf Frau Kurus Namen angemeldet seien und die in Wahrheit aber sowohl Oktay als auch ihm, Ünsal, gehörten. Wenn Ünsal die Fahrzeugbriefe ihm gebe, habe Jari ein Pfand. Herr Duyan habe gedacht, dass Dr. Maubesor ihn tatsächlich in die Knie zwingen wolle. Jaris eventuellen Plan habe er aber damit durchkreuzt, dass er darauf verwies, lediglich Teilhaber an den LKWs zu sein. Er habe niemals so viel Geld gehabt, ein eigenes Auto in den gemeinsamen Fuhrpark einbringen zu können, obgleich es alles gebrauchte alte Dinger seien. »Nein, diesen Plan kannst du dir abschminken!« habe Herr Duyan das Gespräch darüber beenden wollen.

Dr. Maubesor habe dann aus seiner Jackentasche sein Handy geholt und ihn aufgefordert, Frau Kuru anzurufen. Dr. Maubesor müsse ja wissen, ob es sich wirklich so verhalte wie es Herr Duyan ihm gesagt habe. Außerdem solle er Frau Kuru um die Herausgabe der Fahrzeugbriefe bitten. »Wieviel solcher LKWs habt Ihr eigentlich?« habe Dr. Maubesor gefragt. Als Herr Duyan wider besseres Wissen von zweien sprach, habe ihn Dr. Maubesor ins Gedächtnis gerufen, dass er, Ünsal, bereits vor sechs Wochen angeblich einen dritten LKW gekauft hätte. Er sei ebenso wie die anderen beiden gebraucht von der Firma Schwinkel erstanden worden. »Aber du lügst ja, wenn du den Mund aufmachst. Das kotzt einen doch an. Schämst du dich eigentlich gar nicht?«

»Wieder ein Pluspunkt für Jari!« habe Herr Duyan bei sich gedacht. Um sich keine Blöße zu geben, habe er darauf verwiesen, dass Oktay ebenfalls Dr. Maubesors Vorschlag akzeptieren müsse. Da habe Dr. Maubesor abgewinkt und nur gesagt: »Erstens gehören dir doch angeblich anderthalb LKWs. du kannst die als Sicherheitskapital gebrauchen. Die LKWs will ich Euch nicht wegnehmen. Aber ich könnte an den Umsätzen beteiligt werden. Das wäre doch für dich eine sehr einfache Art, mir die elftausend zurückzuzahlen. Und zweitens steckt Ihr beide, Oktay und du, doch sowieso unter einer Decke. Der weiß doch ganz genau, dass du die elftausend Mark von mir hast, die du in euer gemeinsames Unternehmen investiert hast. Das stimmt doch so – oder nicht?« Herr Duyan habe keine Antwort auf diese Frage gegeben. Zunächst war er aber erleichtert, dass Jari nicht weiter seine soeben geäußerte Absicht vertiefte, an den Einnahmen finanziell mitbeteiligt zu werden.

Dr. Maubesor habe nun noch einmal gedrängt, Frau Kuru anzurufen. Er wolle heute die

Fahrzeugbriefe haben oder es komme zu einer Strafanzeige. »Was glaubst du, weshalb ich eigentlich hierher gekommen bin?«

»Aber Jari, das kannst du doch nicht machen. Die Frau ist sehr krank. Die hat Krebs.« Herr Duyan habe diese Intervention als eine geschickte Möglichkeit angesehen, Dr. Maubesor hinzuhalten oder ihn gar von seinem Vorhaben abzubringen.

Zwischenzeitlich habe es angefangen zu regnen. Sie seien möglicherweise schon vierzig Minuten durch den Wald gelaufen. Aber zu ihren Autos war es noch eine ganze Strecke. Herr Duyan habe deshalb gefragt, ob sie sich nicht unter einen Baum stellen sollten, bis der Regen vorüber sei. Allzu stark habe es aber dann doch nicht geregnet, so dass sie in der Dämmerung den Parkplatz erreichten, ohne durchnässt zu sein. Dort habe Dr. Maubesor Herrn Duyan aufgefordert, sich in das Auto von Dr. Maubesor zu setzen. Er habe etwa gesagt: »Komm, setzen wir uns in mein Auto!« Dabei sei Dr. Maubesor im Begriff gewesen, sich auf den Rücksitz hinter dem Fahrersitz zu platzieren. Herr Duyan habe sich dann auf den anderen Rücksitz gesetzt. Dr. Maubesor habe seine Anzugsjacke ausgezogen und auf den Fahrersitz gelegt. Sie sei vom Regen ziemlich feucht gewesen.

Das Gespräch im Auto habe seinen Anfang damit genommen, dass Herr Duyan feststellte, sie beide trügen ein weißes Oberhemd. »Ja, ein besonderer Anlass erfordert besondere Formalitäten.«, habe Dr. Maubesor mit einem vielsagendem Unterton begründet. Was er damit sagen wollte, habe Herr Duyan nicht so richtig verstanden. »Wir haben aber noch eine andere Gemeinsamkeit, nämlich die braune Hautfarbe. Ich habe sie von meiner Geburt

mitgekriegt und du hast sie dir auf Bali geholt.«
Das sei aber nur eine Äußerlichkeit, habe Dr.
Maubesor abgewinkt, während er sich nach
vorn dehnte, um den CD-Player einzuschalten.
Es sei irgendeine klassische Musik erklungen,
weil Jari solche Musik fast ausschließlich höre.
Dann sei er sogleich wieder auf das Darlehen zu
sprechen gekommen.

Zwischenzeitlich sei Herr Duyan noch einmal in
sein Auto gegangen, um eine volle Schachtel
Zigaretten zu holen. Er habe seit dem 25. August
»wie blöd« geraucht. Vierzig Stück seien es pro
Tag bestimmt gewesen - oder mehr. Das viele
Rauchen im Auto habe Jari nicht gepasst. Er
habe Kopfschmerz davon bekommen. Deshalb
habe Herr Duyan auch mal eine Zigarette im
Freien geraucht. Während dessen sei Herr
Duyan um beide Autos herum gelaufen. Einmal
hätten sich beider Blicke gekreuzt. Obgleich es

schon dunkel gewesen sei, habe Herr Duyan erkannt, dass Dr. Maubesor ihn verliebt angelächelt habe. Herr Duyan habe auch gesehen, wie Dr. Maubesor sein Handy aus der Jackentasche holte und sich daran zu schaffen machte. »Oh, Gott, geht das jetzt wieder los, dass ich die Kurus anrufen soll!«, habe sich Herr Duyan gedacht.

Wahrscheinlich sei er es gewesen, der Dr. Maubesor dann ansprach und fragte, wen er anzurufen beabsichtige. Dr. Maubesor habe ihm daraufhin mitgeteilt, dass er »jemanden kennengelernt« habe, der sei Beamter in einem Finanzamt von Köln. Mit ihm werde er sich morgen Abend wieder treffen. Herr Duyan sei im ersten Moment ganz durcheinander gewesen und habe Dr. Maubesor noch gefragt: »Was denkst du dir dabei?«. Aber es sei bei Jari nichts zu erreichen gewesen. Er habe den Spieß herum gedreht und gemeint, dass er dieselbe Frage auch Herrn Duyan stellen könne.

Irgendwann sei ein anderes Auto auf dem Parkplatz angekommen. Da beide nicht erkennen konnten, welches Kennzeichen das Auto trug und wer die Insassen seien, sei Dr. Maubesor ausgestiegen und ein paar Schritte gelaufen, um so zu tun, als ob er eine Notdurft verrichten wolle. Als er zum Wagen wieder gekommen sei, habe er missfallend festgestellt, dass es in dem Auto fürchterlich stinke nach Zigarettenrauch. Er habe dann die beiden Vorderscheiben heruntergeschoben. In diesem Augenblick seien die Scheinwerfer des soeben angekommenen Autos aufgeleuchtet. Im Lichtschein konnte man erkennen, dass Rauch aus dem Inneren von Jaris Auto entwich. Nach wenigen Minuten sei das unbekannte Auto dann aus dem Parkplatz gefahren worden. Dann seien sie wieder allein gewesen.

Herrn Duyan sei es »sauelend« ergangen. Er habe nicht gewusst, wie es weiter gehen solle. Es sei ihm vorgekommen, als sei er in Jaris Auto festgeschweißt. Sein größter Wunsch sei es nunmehr gewesen, dass Dr. Maubesor ihn entlassen hätte. Herr Duyan sei auch einmal eine Träne gekommen, aber das habe Dr. Maubesor nicht gesehen. Was er da gedacht habe, könne er nicht mehr sagen. In seiner Westentasche habe Herr Duyan eine Schachtel mit Colatabletten verstaut gehabt. Gemäß seinen Angaben lutsche Herr Duyan davon, wenn er lange Autofahrten unternehme, damit er nicht ermüde. »Sie wirken gegen den Schlaf. Ich bin dann länger konzentriert.« Herr Duyan habe sich am laufenden Band davon genommen und außerdem Zigaretten geraucht, um sich zu beruhigen. Es sei eine Zwickmühle gewesen.

Herr Duyan habe Dr. Maubesor gefragt, was er tun solle. »Du sollst mir eine realistische Möglichkeit anbieten, wie du mir mein Geld zurückzahlst oder du sollst mit meinem Rechtsanwalt sprechen. Wenn du das nicht machst, wird noch vor Weihnachten die Polizei zu dir kommen und dich abholen, weil du dann nämlich des Betruges angeklagt worden bist.«

Es sei wohl das einzige Mal während des ganzen Abends gewesen, dass er in diesem Augenblick gelacht habe. »Wegen elftausend Mark kommt man doch nicht ins Gefängnis. So viel Plätze haben die doch gar nicht im Knast.« An Dr. Maubesor war es jetzt zu lachen. Er, Ünsal, sei ein Naivling. Es werde bei der Betrugsanzeige doch nicht nur um die elftausend Mark gehen. »Deine Schwarzarbeit und die LKWs, die nun schon seit langer Zeit unregistriert am Finanzamt vorbei laufen, das wird dabei selbstverständlich auch zur Sprache kommen ... Ich weiß ja nicht, welche Betrügereien noch auf dein Konto gehen. Vielleicht hast du dort schon eine Strafakte oder bist vorbestraft. Man kann ja nicht wissen, aber zutrauen würde ich es dir alle Male.«

Herrn Duyan sei jetzt die gesamte Tragweite der Lage offenbar geworden, in der er sich befand. Für kurze Zeit habe er sich entschuldigt, denn seine Blase drückte unbarmherzig.

Als es dann kurz vor 22 Uhr war, habe Dr. Maubesor das Radio eingeschaltet. Er wollte die Nachrichten hören. Eigentlich hätte jeder von ihnen nicht so richtig hingehört. Dennoch habe Herr Duyan mitbekommen, dass die Kripo einen kriminellen Ring ausgehoben habe, der international operiere. Wiederum wurde es sehr bedrückend in ihm, denn ihm sei allmählich klar geworden, dass Dr. Maubesor ihn ganz furchtbar in die Zange genommen hatte. Die Falle, die Herr Duyan immerzu befürchtet hatte, sei nun zugeschnappt. Und er selbst, Ünsal, habe sie sich selbst aufgestellt.

Herr Duyan sei nicht wenig verwundert gewesen über Dr. Maubesors Abgebrühtheit. »Und der hat mich angeblich mal lieb gehabt!«, sei es Ünsal durch den Kopf gegangen. Nach einer Weile wandte er sich wieder an Dr. Maubesor: »Wie soll es weitergehen?« habe er sich abermals erkundigt. Schließlich habe er durch weitere Zwischenfragen Stück für Stück Dr. Maubesors Absichten herausbekommen: »Jari, du hast es einfach nicht gerafft, dass bei uns daheim in vieler Hinsicht viel großzügiger miteinander umgegangen wird als hier. Wer viel hat, der gibt dem, der wenig hat. Und, wer wenig hat, ist dem dankbar, von dem er bekommen hat. Das ist so bei uns.«

Jari habe sich irgendwie beleidigt gefühlt. Er habe nämlich irgendwann einmal mitgekriegt, dass Herr Duyan nicht ihn, Dr. Maubesor, sondern dessen Geld brauchte. »Wahrscheinlich fühlte er sich von mir in doppelter Weise betrogen; einmal im Hinblick auf das Geld, das er vermutlich nie mehr wiedersehen würde. Zum anderen sei er als Mensch betrogen worden; denn die Beziehungen zwischen mir und Jari sollte aus seiner Sicht nur eine Grundlage haben, nämlich Sex.« Deswegen habe Dr. Maubesor diesen Druck gemacht. »Dass es mit unserer sexuellen Beziehung auf Dauer nichts werden würde, das ist Jari vielleicht klar geworden. Aber das geliehene Geld! Falls aber Jari nicht an sein Geld herankommen würde, dann wollte er mich eben fertig machen. Richtig fertig. Er wollte meiner Frau von unserem Verhältnis mitteilen. Er wollte dem Arbeitsamt von der Schwarzarbeit erzählen und auch dem Finanzamt.

Er wollte auch, dass ich die Beziehung zu Oktay abbreche ... Nun, da hätte ich viel eher schon auf seinen Rat hören sollen. Ich war immer der Dumme bei Oktay, immer - ohne Ausnahme! Und nun sollte ich wieder der Verlierer sein gegenüber Oktay. Der hätte niemals die Fahrzeugpapiere rausgegeben. Stattdessen wäre ich meinen Job bei ihm los geworden, falls ich mit diesem Anliegen zu ihm gekommen wäre. Und obendrein hätte er mich so richtig ausgelacht. Und vielleicht hätte er allen, die es wissen wollten oder auch nicht, gesagt, dass ich schwul bin oder zumindest auf Männern stehe. Diese Schande hätte ich nicht überstanden. Während mir das alles so durch den Kopf ging, habe ich Jari zuerst an seinem rechten Oberschenkel gestreichelt; nach einer Weile dann an seinem rechten Arm.«

Die Forderung, bei Kurus anzurufen und die umgehende Herausgabe der Fahrzeugpapiere als Schuldschein für die elftausend Mark zu fordern, sei nicht unmittelbar am Ende, sondern in der Mitte des Gesprächs gefallen. Gleichsam zu Bekräftigung wiederholte Herr Duyan noch einmal, dass er sich von Herrn Oktay trennen solle. Das habe Dr. Maubesor früher schon öfter mal von Herrn Duyan gefordert, um ihn einzuschüchtern. »Allerdings habe ich darauf nicht viel gegeben. «

Dennoch habe der Angeklagte versucht, seinem Opfer ins Gewissen zu reden und sich wenigstens etwas zu befreien aus Jaris Zangengriff: »Das kannst du doch nicht machen! Durichtest doch nicht nur mich zugrunde. Auch meine Familie würde dadurch vollends ins Bodenlose stürzen.« Herr Duyan müsse dabei kreidebleich gewesen sein und sehr böse geguckt haben, »als ob ich Jari eine in die Fresse donnern wollte.« Gleichzeitig aber habe er Jari immer noch weiter am Oberarm gestreichelt. Nach und nach habe Dr. Maubesor dann seinen Arm über seinen Kopf gelegt, so, als ob er sich am Hinterkopf kratzen wollte. Nach einer Pause habe er aber wohl mit dem Streicheln weitergemacht wiederum am rechten Oberschenkel. Herr Duyan habe Jari dann auch mal damit gedroht, dass auch er Beweise für Dr. Maubesors schwulen Lebenswandel habe. Diese würde er Jaris Frau zuspielen. Dr. Maubesor habe über diesen untauglichen Versuch nur gelacht. Ünsal sei es doch bekannt, dass seine Frau Uta von dem Verhältnis zu Ünsal wüsste.

So sei es hin und her gegangen. Jari sei höhnisch gewesen, von oben herab, ganz anders als sonst, er habe nur gefordert. ‚Ruf jetzt an bei Oktay und sag ihm, dass heute Dein letzter Arbeitstag bei ihm war und sag ihm, dass wir beide heute noch zu ihm kommen, um die Autopapiere zu holen, die dir gehören. Sag ihm, dass wir den Rest über meinen Rechtsanwalt erledigen werden, wenn er das will.‘ Das verlangte er von mir, während er mir sein Handy anbot. Ich habe aber so getan, als sehe ich das Handy nicht und habe Dr. Maubesor meinerseits Vorhaltungen gemacht, dass er nur noch an sich denke und es ihm einerlei sei, wie es übermorgen um mich bestellt sei.«

Herr Duyan habe dann sehr entschieden festgestellt, was Jari wolle, das könne er von ihm nicht verlangen. Er würde das von Jari inszenierte Spielchen nicht länger mitmachen.

Dr. Maubesor habe dann angefangen zu brüllen und herum geschrien, dass Ünsal es doch war, der von ihm das Geld erschlichen habe. Er, Herr Duyan, solle bloß nicht glauben, dass er klein bei gebe. Es sei unglaublich, wenn sich Herr Duyan nun noch als das Opferlamm darstelle.

Irgendwann in dieser Phase des Gesprächs habe Dr. Maubesor gesagt: »Du guckst, als würdest du mich erwürgen wollen.« »Das war, als ich mir meine vorletzte Zigarette anzündete vor der Katastrophe. Ich hatte aber auch nicht die Spur einer Absicht, Jari irgendetwas anzutun.« Dr. Maubesor habe das mit dem Erwürgen auch ganz bestimmt nicht am Ende des Gesprächs gesagt, sondern eher in der Mitte.

Insgesamt habe das Gespräch im Auto wohl etwas länger als eine halbe Stunde gedauert. Trotz seines erheblichen Schlafdefizits sei Herr Duyan während des Gesprächs keineswegs müde, sondern frisch und bei klarem Bewusstsein gewesen, aber sehr aufgekratzt.

Im Verlaufe der Auseinandersetzung habe Jari dann noch ein Angebot gemacht. Es war sein letztes: »Du wolltest mir doch deinen Familienschmuck und das ganze Gold geben. Weißt du, das brauche ich nicht. Aber wir können es in einem Safe auf Deiner Bank oder die deiner Frau hinterlegen. Ich bekomme den Schlüssel. Außerdem legen wir noch einen Brief bei. Darin stehen nicht nur die einzelnen Schmuckteile aufgelistet und was sonst noch dazugehört, sondern auch, dass du mir jeden Monat 300 Mark zurückzahlen wirst. Und wenn du einen Monat im Verzug bist, fliegt das ganze Ding auf. Dann gehe ich mit dem Schlüssel zur Polizei und lass' die wissen, was los ist.«

Der ganze Tanz mit ihm, Ünsal, sei Jari höchst widerwärtig geworden. Er sei nur noch ein Klotz am Bein. Dr. Maubesor habe das Verhältnis zu ihm bisher eine Unmenge an Sorgen gekostet und viel unnötige Zeit. Jari habe Ünsal wirklich mal sehr gern gehabt und viel für ihn getan.

»Aber du hast mich hintergangen. Ich bin sicher, nicht nur mit dem Geld. Du hast auch mit anderen Männern rumgemacht. Warum bist du damals von dem Parkplatz wie auf der Flucht davongefahren, als du mein Autokennzeichen wahrgenommen hattest? Weißt du, dich kann man nur so schnell wie es irgend geht, vergessen.«

Auf Nachfragen bestätigte Herr Duyan, dass er dann und wann auch mal für einen »one night stand« zu irgendeinen Parkplatz in die Peripherie von Köln gefahren sei. Da sei einmal ganz unvermittelt der Wagen von Dr. Maubesor aufgekreuzt.

Ihn, Herrn Ünsal zu vergessen, sei um so leichter möglich, je eher die Sache mit den elftausend Mark geregelt sei. Ünsal habe ihm wiederum geantwortet, dass er das nicht mitmachen würde, wie Jari es sich vorstelle. Ihm sei es da richtiggehend elend zumute gewesen. Dr. Maubesor sei nur fordernd und beleidigend gewesen, eine Kette ohne Ende. Im Verlauf des Gesprächs sei Jari immer erregter geworden und habe mit seinen Händen durch die Luft gefuchtelt. Das habe er getan, um zu gestikulieren und um ihn zu ärgern, nicht um Ünsal körperlich zu berühren oder ihn gar zu verletzen.

Herr Duyan habe Jaris Arm irgendwann festgehalten und sich auf ihn zubewegt. Er wollte Jari einen Kuss geben, aber Dr. Maubesor habe sein Gesicht abgewandt. Dann hätte er Herrn Duyan um eine Zigarette gebeten. Das habe ihn aber nicht gehindert seine Forderungen immer mehr und immer nachhaltiger zu steigern. Das Gespräch habe sich wieder und wieder zugespitzt. Es sei wie eine Welle während des ganzen Abends gewesen. Und jedes Mal wurde die Welle höher und bedrohlicher. Beide seien in Rage geraten, aber manchmal habe Dr. Maubesor auch betont leise und langsam geredet, fast beängstigend. Herr Duyan habe Dr. Maubesor immer wieder zu verstehen gegeben, er würde das Spiel nicht mitmachen, sondern er würde jetzt aussteigen und nach Hause fahren. Als Herr Duyan das Auto verlassen wollte, fiel ihm ein, dass Dr. Maubesor die Zentralverriegelung betätigt hatte. Das sei bereits geschehen, als Herr Duyan wieder in das Auto eingestiegen sei. Irgendwie sei Herrn Duyan in diesem Augenblick Angst vor Dr. Maubesor überkommen. Aber das habe er sich nicht eingestanden und seinen Entschluss fallen gelassen, dem Auto des Dr. Maubesor zu entsteigen.

Für die Tat selbst habe Herr Duyan »ein Loch«. Was unmittelbar vorausging, daran könne er sich ebenfalls nicht mehr erinnern. »Irgendwas hat er mir an den Kopf geschmissen, dass ich ausgeflippt bin. Ich will sagen, dass er mich beleidigt haben muss oder so. Jedenfalls sind bei mir irgendwie die Sicherungen durchgeknallt. Ich muss meinen Verstand verloren haben. Echt, ich weiß nicht mehr, wie es weiter ging ...«

Als Ünsal zu Bewusstsein gekommen sei, hielt er gemäß wiederholter Beteuerung Jaris Hals in beiden Händen und sah in ein Gesicht mit herausgequollenen, auf ihn gerichteten Augen und etwas heraushängender Zunge. Duyan rechne, dass er etwa zwei bis drei Minuten zugedrückt haben könnte, aber er habe dafür keine Anhaltspunkte. Die Stimme der automatischen Verkehrsfunkansage, die plötzlich die Stille durchbrach, sei in sein Bewusstsein gedrungen. Deshalb vermute er, dass es gegen 23 Uhr war. Er habe sofort Jaris Puls gefühlt, an der Brust gehorcht und Herzmassage versucht. Ihm sei aber gleich klar gewesen, dass er Jari umgebracht hatte. Er sei lange neben ihm gesessen und erst langsam „zur Besinnung gekommen" ... wie aus einem Knockout«.

Dr. Maubesor habe mit seinem Kopf an der Fensterscheibe gelehnt. Seine wenigen Haare waren zerzaust, und das Hemd war teilweise aus der Hose gerutscht. Herr Duyan habe sich hilflos gefühlt in dem Wissen, etwas absolut Falsches gemacht zu haben, das er nun ausbaden müsse. Dass Jari tot und keine Hilfe mehr möglich war, habe ihm sein Verstand gesagt, da sein Gehirn zu lange ohne Sauerstoff gewesen sei.

Allmählich sei Herrn Duyans Gefühl von Benommenheit in Panik umgeschlagen. Schlecht geworden sei ihm nicht, aber er sei vor sich selbst erschrocken. Die Leiche habe er erst nach „einer ganzen Weile" auf die gesamte Rücksitzbank hingelegt und den CD-Player leise gedreht. »So, als ob er leben würde, habe ich es ihm bequem gemacht, den Binder gelockert, seinen oberen Hemdenknopf geöffnet und seine linke Hand in die Nähe des Gesichts geschoben. Ob ich ihm die Augenlider heruntergestrichen habe, kann ich nicht sagen. Das weiß ich nicht mehr.«

Herr Duyan habe dann den Aschenbecher weggebracht und sich nach vorn auf den Beifahrersitz gesetzt. Ein paar Mal sei er noch ausgestiegen und habe die Rücksitztür geöffnet, um sich vor Augen zu halten, was er getan hatte.

Er sei zwischenzeitlich auch um Jaris Auto gelaufen und habe geraucht. Als er nach einem seiner Rundgänge zurück gekommen sei und die Rücksitztür öffnete, habe er inständig gehofft, dass sich der Tote zwischenzeitlich noch etwas bewegt haben könnte. Er habe Zeit gewinnen wollen, um zur Ruhe zu kommen. Eine tiefe Traurigkeit sei ihm überkommen „so ein dumpfes Gefühl, als ob du im Nebel gehst und nicht weißt, wohin du gehst."

Herr Duyan habe vermeiden wollen, dass die Polizei in der Nacht zum Parkplatz kommen könnte. Zu einer kritischen Situation sei es gekommen, als kurz nach Mitternacht die Scheinwerfer eines Autos aufleuchteten, das in den Parkplatz einfuhr. Herr Duyan sei dann unauffällig, aber eilig in sein Auto gestiegen und wäre wieder sofort ausgestiegen, falls der Fahrer des ankommenden Autos sich entweder Jaris oder seinem Auto genähert hätte. Er hätte den Fahrer dann in ein Gespräch verwickelt, um von Jaris Auto abzulenken. Glücklicherweise habe das Auto aber keine zwei Minuten angehalten. Dann sei es wieder fortgefahren. Der Motor sei nicht einmal abgestellt worden.

In der Nacht sei es Herrn Duyan ziemlich kalt geworden. Er habe gefroren. In dieser Zeit habe es ihm wieder zu Dr. Maubesors Auto gezogen. Er habe dessen Jacke vom Fahrersitz genommen und Jari damit zugedeckt. Die Jacke habe er etwas über das Gesicht gelegt, damit es so ausgesehen haben könnte, als ob Dr. Maubesor nicht vom Licht beschienen werden wollte. Dabei habe er Jaris Gesicht gestreichelt, wieder und wieder. Er habe sein Gesicht ganz nah an das Gesicht des Toten gehalten, um wahrzunehmen, ob Jari nicht doch ganz flach atmet. Küssen habe er aber Jari nicht wollen. Da nun alles endgültig sicher gewesen sei, dass er Dr. Maubesor erwürgt habe und Jaris Gesicht erkaltet war, habe Herr Duyan um Entschuldigung gebeten. Er habe richtig mit Jari geredet, ruhig und lieb.

Dann sei auch die Zeit gekommen, Jari seinem Gott anzuempfehlen. Er habe dabei den erkalteten Kopf mit seiner linken Hand berührt und seine rechte an das eigene Herz gelegt. Herr Duyan habe inständig darauf vertraut, dass es Jari nunmehr besonders gut haben möge in der anderen Welt. Herr Duyan habe auch dafür gebetet, dass Jari ihn zu sich nehmen, ihn hinaufziehen möge. Irgendwann habe er nicht mehr an sich halten können und bitterlich geweint. Während dieser Darstellung unterbrach Herr Duyan den mühsamen, immer wieder ins Stocken geratenen Lauf seiner Worte, weil er nicht weiter sprechen konnte und seine Augen in seine Hände vergrub.

Es war möglicherweise gegen fünf, da habe Herr Duyan die wichtigsten Utensilien, die in seinem Auto lagen, in eine Plastiktüte gepackt. Sie wollte er mit in das Gefängnis nehmen. Dann sei er nochmals zum Auto des Dr. Maubesor gegangen, habe sich von ihm verabschiedet und die Zentralverriegelung betätigt, so dass Fremde nicht ohne Weiteres in das Auto hinein gelangen konnten. Herr Duyan bat darum, ihm Ausführungen darüber zu ersparen, wie sein letzter Abschied von Jari gewesen sei. - Nach einer Weile fügte er an: »Allein dieser Augenblick wäre mit elftausend Mark niemals aufzuwiegen gewesen. Hätte ich das vorher gewusst, es wäre mir niemals eingefallen, von ihm das Geld zu erschleichen.«

Erst als Herr Duyan in seinem Auto gesessen und es in Gang gesetzt habe, sei es ihm wieder besser ergangen. Während er in Richtung Autobahn fuhr, habe er überlegt, ob er nicht doch zuerst nach Hause fahren solle. Das habe er sich jedoch aus dem Kopf geschlagen, weil er nicht wollte, dass die Hausbewohner mitkriegten, wenn die Polizei käme, um ihn abzuholen. So habe er sich entschieden, direkt zu Oktay zu fahren. Das sei so gegen halb sieben gewesen. Als Herr Duyan geklingelt habe, öffnete Oktay ihm die Tür. Da habe er ihm zugeflüstert: »Ich habe Jari umgebracht.« Oktay habe es nicht glauben wollen und entgegnet: »Du spinnst ja wohl. Lass uns im Geschäft darüber reden. Ich bin in einer halben Stunde da.« Herr Kuru habe Ünsal nicht in die Wohnung eingelassen, und eigentlich sei er darüber froh gewesen.

Langsam sei er zum Auto zurückgelaufen. Im Auto habe er eine kleine Weile gesessen. Alles sei in ihm seltsam leer gewesen. Dann sei er nochmals ausgestiegen und zum Bäcker gegangen, der auf der gegenüber liegenden Straßenseite sein Geschäft betreibe. Er habe sich ein Brötchen gekauft und einen heißen Kaffee. Dann sei er zurück in sein Auto. Es sei ihm so gewesen, als ob er jetzt dazu aufgefordert worden wäre, über Handy die Polizei anzurufen. Denen habe er gesagt, dass auf dem Parkplatz zwischen Langenfulda und Meihingen in einem PKW mit der Marke Mercedes und dem Kennzeichen KG-Q-999 die Leiche eines Mannes liege. Es sei Dr. Jari Ben Maubesor. Er, Arco Ünsal Duyan, habe Dr. Maubesor erwürgt. Er sei jetzt im Begriff abermals zu dem Parkplatz zu fahren. Dort könne man ihn verhaften.

Bei der ersten Vernehmung habe die Polizei darauf herumgeritten, dass er Dr. Maubesor wegen Eifersuchtsproblemen und diesbezüglicher herabsetzender Äußerungen getötet habe. Das schwule Verhältnis der beiden zueinander sei für die Vernehmungsbeamten viel wichtiger gewesen als die Geldangelegenheit. Damit hätte es die Polizei Herrn Duyan leicht gemacht, glaubwürdig zu verklickern, dass er das Geld von Dr. Maubesor angeblich für sein sexuelles Entgegenkommen erhalten habe. Weil das Verhältnis nun zerbrochen sei, habe Dr. Maubesor das Geld wieder haben wollen. Herr Duyan versicherte jedoch mehrfach und nachdrücklich, dass er diese Version anfangs der Polizei offeriert hatte, um einen Entschuldigungsgrund für sein Tun zu haben. »Ich wusste überhaupt nicht, was ich sagen sollte. Ich hatte doch überhaupt keine

Rechtfertigung so etwas zu tun.« In Wirklichkeit
sei es aber anders gewesen, nämlich so, wie er es
während der psychologischen Untersuchung in
aller Ausführlichkeit habe darlegen können.

Obwohl sein Gedächtnis an die unselige Nacht
in Details langsam von einem Nebel bedeckt
werde, sehe er heute noch jede Nacht das
Gesicht des erwürgten Jari vor sich. Es sei
grauenvoll. Er bemühe sich, seine
Aufmerksamkeit vor die Augenblicke des
Tötens zu richten, um wenigsten
herauszufinden, was ihn zum Erwürgen habe
hinreißen können. Aber das gelinge ihm einfach
nicht. Das sei eine Qual, die von anderen
überhaupt nicht, auch nicht annähernd
empfunden werden könne.

Der Sachverständige – seine Werte und Erkenntnisse

Dr. Staller kam vom Konditor zurück, der am Sonntagnachmittag von 14 bis 18 Uhr geöffnet hatte für den Verkauf von Kuchen. Kurz vor Geschäftsschluss war es ihm eingefallen, schnell runter zu laufen, um ein Stück von der Obsttorte zu kaufen, den die Konditorei besonders gut buk. In der linken Hand das Kuchenpäckchen, in der rechten den Schirm, hatte er alle Mühe, seinen Schlüssel aus der Tasche seines Anoraks zu ziehen und die Tür zu öffnen. Deshalb stellte er Kuchenpäckchen und Schirm auf den Fußabtreter ab, kramte seinen Schlüssel hervor und schloss die Tür zu seiner Wohnung auf. Dann bückte er sich wieder, hob beides auf und trug es in die kleine Küche, an deren Fensterscheibe nun schon seit Stunden der Regen herabrann. Er stellte den Schirm in der Wanne seines Badezimmers ab, trocknete wiederum in die Küche gehend dort seine vom Regenwasser nassen Hände, legte den Anorak ab und hängte ihn fein säuberlich auf den Bügel, der seinen Stammplatz an der Garderobe hatte.

Während er das Stück Aprikosentorte auf einen Teller schob, hörte er aus dem Wohnzimmer die Klänge eines Konzertstücks, das seiner Erinnerung nach von Samuel Barber sein konnte. Anschließend wurden die Nachrichten des Tages gesendet.

Staller schaltete das Radio aus und zog es vor, sich in die Sonntagszeitung ein wenig zu vertiefen. Bei der Lektüre der neuesten Ehescheidungsstatistik verweilte er. Deutlich mehr als die Hälfte aller Menschen, die sich ihr Ja-Wort geben – für ein Leben lang – halten sich nach einiger Zeit nicht mehr daran und lösen ihre Ehe auf. Sie lassen sich scheiden früher oder später. Die Folgen für die Alterspyramide im Lande, für die Wirtschaft, für die Staatsfinanzen, selbst für das Gemeinwohl wurden in düsteren

Farben beleuchtet. In nahezu apokalyptischer Weise erging sich die Kommentatorin dieser Statistik.

»Ja, mag sein!« bestätigte der Junggeselle Staller.

»Aber keiner fragt, wie man verhindern kann, dass man überhaupt solche Zahlen schreiben muss. Ich glaube, die Eltern, die sozialen Dienste, selbst die Politik müsste mehr Ursachenforschung auf diesem Gebiet betreiben. Was wissen wir denn wirklich darüber? – Vor mehr als hundert Jahren, da hielt der werdende Bräutigam beim Vater seiner zukünftigen Braut um deren Hand an. Das war durchgängig so, über alle sozialen Schichten hinweg. Die Brauteltern prüften, was an dem Bräutigam sei und ob er überhaupt als der Richtige für die Tochter infrage komme. Ich weiß nicht, woran sie das fest machten, aber lediglich die äußere Erscheinung oder die Leistungsfähigkeit im Bett kann es nicht gewesen sein. - Und die Eltern des Bräutigams schauten auf die

Mitgift der Braut, ob sie das Wasser nicht anbrennen lasse, wenn sie koche und wie gut sie die Überzeugungen ihres zukünftigen Ehemannes toleriere. Das Prüfergebnis, wie auch immer es zustande kam, war dann eine Garantie, eine Prognose für den Bestand der Ehe, die weder von dem Brautpaar, um das es geht, noch vom Staate gegeben wurde. Man heiratete eben standesgemäß. Die Ehe war eine Versorgungseinrichtung und auch eine Vorsorgeeinrichtung für das Alter.

Und wie etwa war es vor fünfzig, sagen wir vor vierzig Jahren? Da war man sexuell nicht weniger bedürftig als heute und nicht weniger entdeckungsfreudig. Die gesellschaftlichen Verhältnisse, die Kriege, die Krisen, die Wohnungsverhältnisse zwangen die Heiratswilligen mehr als früher und mehr als gegenwärtig im Hier und Jetzt zu leben. Die Gunst der Stunde, die Launen des Augenblicks nutzend, nahm und gab man sich das Vergnügen, das man suchte, bevor die Burschen ins Feld und die Mädels zum Arbeitsdienst oder ins Pflichtjahr mussten. War es Abenteuer, war das Liebe? Die Zeit der Prüfung, der Partner für das Leben, der Elternteil für die eigenen Kinder zu sein, wurde toleranter als bei älteren Generationen. Und Toleranz bezog sich auch auf die Familien der Heiratswilligen.

Krieg aus heutiger Sicht diese geregelte Art der Partnerfindung damals wirklich richtungsweisend oder entscheidungsrelevant? Es gab doch so manche junge Frauen mit einem Kind. Sie wurden noch in der Mitte des vergangenen Jahrhunderts als gefallene Mädchen abwertend bezeichnet. Die sexuelle Neugier hatte ihre Grenzen in dem geringen Wissen um Verhütung ungewünschten Nachwuchses. Und galt es noch als ausgesprochen despektierlich, Sex als eine lustvolle Obliegenheit zu praktizieren, Kondome richtig zu benutzen? Auch darin hatte die

Tugendkomödie des Biedermeier ihre
Nachwirkungen. Die Folge davon war, dass viele
Ehen als sogenannte Mussehen geschlossen wurden. –
Ich selbst bin doch auch so ein Kind, das ungewollt
sein Dasein verdankt. Die soziale Einrichtung der Ehe
ging sozusagen vor der Zeit und notgedrungen, Zug
um Zug in die der Familie über. Und damit wuchsen
die Pflichten, die Sorgen, die Fürsorge ...

Ich kann die Männer verstehen, die
fremdgingen. Bloß durften die sich nicht erwischen
lassen. Als Untreue haben sie das bezeichnet und
wohl übersehen, dass diese Männer mit ihrem
Fremdgehen gar nicht beabsichtigten, ihren Ehestand
und ihre Familie aufzukündigen. War es die bloße
Neugier, wie andere Partner die Sache angehen,
waren es die äußerlichen Attribute des Gegenübers
und deren Verlockungen? Waren es ganz andere
Anlässe? Das ist einerlei. Eine besondere Form des
sozialen Miteinanders wurde verheimlicht, musste bei

Strafe der Scheidung verheimlicht werden. Das ist das eigentliche Verhängnis! Zumeist reichte die enttäuschte Frau die Scheidung ein oder der Mann wurde von seinem neuen Verhältnis gedrängt, die Scheidung einzureichen. Warum wohl? Mit dem Fremdgehen war die soziale Sicherheit der Frau, ihr Ansehen bedroht. Sitte, das ist ein anderer Ausdruck für Gewohnheit, für Tradition. Sittlichkeit hingegen ist eine moralische Wertung: Man macht das nicht; wer so handelt, ist sündig, verdorben, unanständig. Beides wurde gleich gesetzt, wenn die eheliche Treue des Mannes zur Disposition stand. Eheliche Treue wurde wiederum gleich gesetzt mit sexuell beständiger Gebundenheit an den Ehepartner. Der Mann war der Unmoralische, der zu Verachtende, denn er hatte die Treue gebrochen.

Würde man für Treue Verlässlichkeit sagen und zwischen körperlicher und psychischer Verlässlichkeit unterscheiden, dann würden wahrscheinlich nicht so viele Ehen beim Scheidungsrichter enden – damals schon und heutzutage noch mehr! Würde man akzeptieren, dass jeder frei ist, ein partnerbezogen verlässlicher Partner zu sein, dann wäre das damals wie heute eine Befreiung von gegenseitiger Abhängigkeit sein. Abhängigkeit kann man nämlich nicht einfordern. Es gibt eine Furcht vor Abhängigkeit ebenso wie eine Furcht vor der Verantwortung. Die Furcht vor der Verantwortung begünstigt nun leider auch die Flucht in die Abhängigkeit. Aber es gibt keine Furcht vor der Verlässlichkeit. – Ich glaube, so resümierte Richter Krumer seine langen Überlegungen, dass rasche Entscheidungen und die Forderung von lebenslanger Treue wenig einer zuverlässigen Partnerwahl nützen. Eine Zweierbeziehung will vor dem Hintergrund psychischer Verlässlichkeit immer wieder hinterfragt werden können. So gesehen waren uns unsere Eltern bessere Vorbilder als wir es heute der jungen Generation gegenüber sind.

Und heute? Was ist da normal in der Partnerwahl und Partnerbindung? Die Leute wissen, wie man verhütet und praktizieren es. Die Mussehe gehört also nicht zu den am meisten vorkommenden Motiven der modernen Eheschließung. Damit ist eine wichtige Einschränkung der persönlichen Freiheit im Partnerverhalten entfallen.

Und was ist der Preis dafür? Die sozialen Verpflichtungen werden anonym kompensiert. Im Klartext: Ein Kind kommt zur Welt. Die Eltern beabsichtigen keineswegs, zusammen zu bleiben. Jeder will seine eigenen Wege gehen. Frauen nennen es emanzipiert, wenn sie auf das Miteinander beider Elternteile keinen Wert legen. Ich bin mir nicht mal sicher, ob das Single-Dasein einer jungen Mutter mehr von ihr ausgeht als vom Vater ... Wie auch immer: Sie heißen im Verständnis der öffentlichen Meinung die benachteiligten allein erziehenden Mütter. Die Nachteile und Aufopferungen dieser Frauen sind erheblich. Man könnte sie mit jenen Nachkriegsmüttern vergleichen, die ihre Kinder allein erzogen, weil die Väter in Gefangenschaft oder ums Leben gekommen waren. Der große Unterschied zwischen den Alleinerziehenden von heute und jenen von damals besteht wohl darin, dass die alleinerziehenden Mütter heutzutage ihr persönliches Lebenskonzept realisieren möchten und gleichzeitig Verpflichtungen der Gesellschaft oder Verpflichtungen des Staates einfordern. Habe ich irgendwann einmal gelesen oder gehört, dass eine Lösung bzw. Erleichterung ihrer gegenwärtigen Lage auch darin bestehen könnte, den Weg wieder zurück zu gehen zum Vater des Kindes? – Nein, das habe ich nicht! Und ich habe auch nichts davon gehört, dass den Single-Vätern auch mal etwas über Verantwortung für ihr Kind ins Ohr geflüstert wurde.

Es ist ein Kreuz mit dem Dogma der Autonomiebestrebungen, der Selbstverwirklichung!

Männer haben es in vielerlei Hinsicht leichter. Außer der Alimente hat der Vater keine Verpflichtungen, aber er sollte mehr in die Verantwortung für das Wohlergehen seines Kindes genommen werden. Wir wollen das alles über das Finanzielle regeln und scheinen keine anderen, besseren Lösungen zu haben. Die soziale Norm im Mittelalter hieß ‚Gemeinwohl bringt Noth – Alleinwohl bringt Todt!' – so steht es in Stein gemeißelt an einem der Stadttore der Berghauptstadt Freiberg.

Die Freiheit von Fürsorge gegenüber dem Partner, die Selbständigkeit der Partner, ihre Autonomie allein kann es ja nicht sein, was die Scheidungszahlen in die Höhe treibt. Nein, ich bin mir sicher, dass das Heiratsmotiv für Scheidung von ausschlaggebender Bedeutung ist. Ich könnte auch von Bindungsmotiv sprechen. Was treibt uns an, mit diesem Einen oder mit dieser Einen eine langdauernde Lebensgemeinschaft einzugehen? Oder vielleicht wichtiger als das: Was hindert uns, dem Einen oder der Einen zu sagen: ‚Ja, du bist es! Mit dir möchte ich meinen Lebensweg gemeinsam gehen. Mit dir möchte ich Nachkommen haben.' – Wenn es denn so ist.

Die Heiratswilligen fragen nicht mehr ihre Eltern, ob sie einander heiraten sollen oder dürfen oder mögen. Da ist kein Bewusstsein für den Wert von Einwilligung – man muss nicht religiös oder areligiös sein, wenn man darauf verzichtet, was man »seinen Segen geben« nennt. Heute kümmern sich die Partner nicht mehr darum, ob die Beziehung zwischen ihnen gut geheißen wird oder nicht. Das ist im Islam anders – noch anders. Auf diese Tradition, auf diesen Wert könnten wir zurück kommen und es nicht als überlebt bewerten. Wäre doch dieser Ünsal diesen Werten treu geblieben; wenigstens ein bisschen!«

Staller hatte sich mit seinen Gedanken selbst in die Enge getrieben. Was und wozu wollte er im Hinblick auf das Thema Verantwortung für die Partnerbeziehung und Elternschaft sich vorbereiten?

Am meisten bestehe der weitaus einzige und häufigste Grund, eine Beziehung einzugehen, doch wohl darin, dass potentielle Partner beiderseits attraktiv füreinander sind. (Hätte Richter Krumer diese Aussage zu Papier bringen müssen, so wäre dahinter eine Ausrufezeichen gestanden.) Attraktivität sei im vorliegenden Falle auf Sexualität und bei Ünsal zudem auf Finanzielles begrenzt gewesen.

»Was ist Attraktivität überhaupt?« Staller versuchte eine Antwort darauf, indem er bei Wikipedia nachschlug. Attraktivität sei eine Aniehungskraft für ein Gegenüber, ein

Hingezogensein. Es äußere sich nicht nur im Äußerlichen, sondern auch im Charakter, in der Intelligenzausstattung, der sozialen Stellung, aber auch der körperlichen Leistungsfähigkeit und dem materiellen Hintergrund der Person, die man attraktiv findet. Selbstverständlich hängt Attraktivität im Wesentlichen von den Erwartungen des Betrachters ab.

Seine Überlegungen fortführend befand Staller, dass Attraktivität eine kurzdauernde Qualität ist, die von unserem Gegenüber ausgeht. Spätestens nach zwei bis fünf Jahren ist es damit vorbei. Schade nur, dass man so wenig darüber lesen kann, was Attraktivität eigentlich ist, wie sie entsteht, wie sie wirkt und was sie bedeutet. In der schöngeistigen Literatur wird Attraktivität hauptsächlich auf erotische Anziehungskraft beschränkt. Aber das ist ebenso wenig Neues wie man immer wieder selbst erfahren muss, dass Gewohnheit Attraktivität lahm legt. Partner lernen schnell, dass ihre erotische Anziehungskraft füreinander nur die schwächste ihrer Werkzeuge, die am ehesten versickernde Quelle für Krisen überdauernde Gemeinsamkeit ist. Mit der Gewohnheit verliert Attraktivität an Wirkung. Wenn nicht neue Motive, wenn nicht geeignete Kompensationsmöglichkeiten hinzukommen, dann ist die Ehe, die Lebensgemeinschaft in allmählicher Auflösung begriffen. Die Partner sind sehr wahrscheinliche Scheidungskandidaten.

»Ja, diesen Gedanken werde ich einflechten, wenn ich mein Plädoyer zu halten habe!«

Und was kann man dagegen tun, wie kann man verhüten, dass Attraktivität füreinander nicht zum alleinigen und ausschlaggebenden Bindungsmotiv avanciert?«

Staller mochte diesen seinen Überlegungen nicht weiter nachgehen. Er spekulierte vielmehr, welcher Zusammenhang zwischen seiner Theorie von der Partnerwahl bzw. vom Bindungsmotiv und dem Fall Duyan/Maubesor bestehen könnte. Aber da war wohl nicht viel fündig zu werden. - Staller schlug die Zeitung zu, legte sie zur Seite und holte sein Kaffeekännchen aus dem Wohnzimmer, das dort noch immer auf dem Couchtisch stand. Er füllte es erneut mit frisch aufgebrühtem Kaffee. Daselbst lag auch sein Gutachten, über das er sich sogleich wieder hermachen wollte, nachdem der Kaffee in althergebrachter Weise aufgebrüht worden war. Diesen und das Stück Torte nahm er mit an seinen Arbeitsplatz, wenn man seine Couch so nennen kann. Jedenfalls hatte er dort in aller Bequemlichkeit die bisherigen Teile seines Gutachtens gelesen. Von ihm hätte das kolportierende Inserat sein können: Tausche einen hellen Arbeitsplatz gegen Zimmer mit Blick aufs Meer. Nun aber waren die Ausführungen zu den Erlebens und Verhaltensbesonderheiten von Herrn Duyan dran. Staller hatte sie vor etwa vier Wochen zu

Papier gebracht. Er hatte schon vieles von dem ‚nicht mehr auf dem Schirm', was im Hinblick auf Duyan bedeutsam ist. Jede Woche mindestens ein Gutachten – da muss man aufpassen, dass man Einzelheiten nicht verwechselt oder vergisst. In das Gutachten ‚Duyan' hatte er geschrieben:

> Mit dem Psychopathologischen Interview wird das Vorliegen einer Persönlichkeitsstörung geprüft. Insgesamt ergaben sich bei Herrn Duyan Hinweise auf paranoide und ängstlich-vermeidende Persönlichkeitszüge, die jedoch hinsichtlich Ausprägung und Breite bei weitem nicht hinreichend sind, um eine klinisch relevante Persönlichkeitsstörung zu diagnostizieren. Abnorm ausgeprägte Merkmale impulsiven und dissozialen Verhaltens sind bei Herrn Duyan in geringem Umfang gegeben.
>
> Herr Duyan beschreibt sich als sehr nervös, was gegenwärtig vor allem durch die

Haftsituation bedingt sei. Sonst sei er eigentlich die Ruhe selbst. So leicht bringe ihn nichts aus dem Gleichgewicht. Er habe nämlich Nerven wie Seile. Er sei zurückhaltend und zuweilen auch etwas schüchtern. In manchen Situationen habe er Minderwertigkeitsgefühle, z.B. im Kontakt mit Behörden. Das gelte aber nicht, wenn er Kontakte zu potentiellen Sexualpartnern anbahnen will.

Eifersüchtig sei Herr Duyan nicht mehr als andere auch. Wenn es um seine Frau gehe, dann sei er weniger eifersüchtig als wenn er Verdacht habe, dass einer seiner Freunde Kontakt mit einem anderen Mann habe oder wenn er seinen Freund beim Flirten beobachte. Weil Herr Duyan sich nicht sicher war, wie lange die Beziehung zu Dr. Maubesor noch gehe, habe er in den letzten Monaten vor der Tat sehr gelitten. Aus seinem Bericht über die Beziehung zu Dr.

Maubesor geht allerdings hervor, dass er schon damals häufig eifersüchtig und misstrauisch reagierte.

Sexualität sei ihm sehr wichtig als Quelle von Entspannung und Freude. Herr Duyan tat sich ungewöhnlich schwer, über seine sexuellen Bedürfnisse zu sprechen. Möglicherweise wäre das Gespräch darüber nur recht fragmentarisch geblieben, wenn ihm nicht einsichtig gewesen wäre, dass angesichts des zu beurteilenden Sachverhaltes seine Sexualität eine wesentliche Rolle spielte. Im großen und ganzen gesehen seien seine sexuellen Bedürfnisse wohl mehr auf das eigene Geschlecht als auf Frauen gerichtet. Aber sowohl mit Frauen als auch mit Männern sei sein Sexualverhalten eigentlich normal.

Im gewissen Gegensatz zu seiner bekundeten Umgänglichkeit und auch zu seiner während der Untersuchung gezeigten Redseligkeit stehen

Herrn Duyans Misstrauen. Er sieht sich häufig als Objekt der Willkür von Behörden und böswilliger Machenschaften anderer Personen. Diesbezüglich deutet er nochmals Kontakte zu illegal in Köln operierenden türkischen Gruppen an. Man käme nie mehr los, wenn man denen einmal ins Fadenkreuz gerückt sei.

Eingedenk seiner Persönlichkeitsentwicklung (z.B. Armee, Vater-Sohn-Verhältnis, Verhältnis zu den Bekannten in Mechem,) sowie seiner derzeitigen Familienverhältnisse (konflikthafte Beziehungen zu den Schwiegereltern und den Verwandten seiner Ehefrau, instabile Ehebeziehung) ist bei Herrn Duyan von einer geringen sozialen Bindungsfähigkeit zu sprechen. Weitere Belege für die problematische Bindungsfähigkeit können in seinem Verhältnis zu Herrn Kuru und zu Dr. Maubesor gesehen werden.

Die aktenkundigen Ermittlungsverfahren, in die er verwickelt war bzw. ist, sieht Herr Duyan vor allem als Ergebnis von Manipulationen anderer, die Verantwortung auf ihn hätten abschieben wollen. Auch im jetzigen Verfahren hätten sich verschiedene Zeugen abgesprochen, um ihn zu belasten und um seinen guten Leumund zu zerstören. Er beklagt sich darüber, dass ihm nicht genügend Gelegenheit gegeben würde, das Gegenteil zu beweisen. In Bezug auf das Strafverfahren äußerte Herr Duyan wiederholt Besorgnis, man könne ihm nicht glauben, dass er keine Neigung zu jähzornigem Verhalten habe.

In bezug auf impulsives Verhalten gab Herr Duyan an, dass er selten Entscheidungen treffe, ohne zuvor alles genau zu überlegen. Reizbar sei er nicht, sondern »ein eigentlich viel zu ruhiger Mensch«. Auch im Verhältnis zu Adnan, seinem Sohn, habe er immer Ruhe und Geduld bewahrt.

Darin unterscheide er sich sehr von seiner Frau, die sehr ungeduldig sein könne und leicht aufbrausend sei. Eine emotionale Instabilität oder die Neigung zu Gewaltausbrüchen ist während der psychologischen Untersuchung nicht zu erkennen gewesen.

Herr Duyan gibt an, dass er mit seinen Mitgefangenen allgemein gut auskomme, aber wenig Kontakt, gar Gemeinsamkeit zu ihnen suche. Das gelte auch für sein Verhältnis zu einem seiner türkischen Mithäftlinge. Er ist froh darüber, in einer Einzelzelle untergebracht zu sein. Allerdings störten ihn manche Verhaltensweisen seiner Mitgefangenen, z.B. ihre Essmanieren, und er könne mit ihren Gesprächsthemen wenig anfangen. Aus Herrn Duyans Auskünften geht hervor, dass er sich auch mit weltanschaulichen und sozialen Fragen befasst hat und dabei eigenständige

Überzeugungen gewann, die das Wertesystem seines unmittelbaren Lebenskreis allenfalls tangieren. So habe er sich mit besonderem Interesse Fernsehsendungen angesehen, die Themen aus verschiedenen Religionen und Kulturen zum Gegenstand hatten.

Staller hatte sich bis zu den psychometrischen Befunden vorgearbeitet. Jetzt musste er die Befunddaten aus seiner Handakte mit dem Schriftsatz seines Gutachtens vergleichen, wenn er wirklich genau sein wollte. Das aber ging nicht ohne Vor- und Zurückblättern. Die Couch war dafür nicht der geeignete Aktionsort, wie Staller es alsbald feststellen musste. Deshalb wechselte er kurz entschlossen den Tisch und tauschte Bequemlichkeit für Praktikabilität ein. Seine wiederum gefüllte Kaffeetasse nahm er allerdings mit zum Schreibtisch. Der nunmehr leere Kuchenteller verblieb unbeachtet auf dem Couchtisch.

Sein Blick fiel auf das Wort »Staninewert« im Gutachten. Wie sollte er dem Gericht erklären, welche Bewandtnis es damit habe, falls er danach gefragt werden würde? Nun, so winkte er mit einer Geste der Bedeutungslosigkeit ab, er werde sagen, dass es sich dabei um einen Normenwert handelt, deren mittlere Ausprägung zwischen 3 und 7 liegt und deren Extremwerte durch die Zahlen 1 und 9 begrenzt werden. Nicht vergessen zu sagen wollte Staller, dass diese Werte an umfangreichen Stichproben geeicht worden sind. Nach dieser probeweise erfolgten Selbstdarstellung begann er laut zu lesen:

Im Ärger-Ausdrucks-Inventar erreichte Herr Duyan auf jener Skala, die seine Bereitschaft misst, sich unabhängig von spezifischen Anlässen zu ärgern, einen Staninewert von 5. Das entspricht einer durchschnittlichen Ärgerneigung. Seinen Antworten auf jenen Skalen, die Auskunft über die Art seines

Ärgerausdrucks ergeben, kann entnommen werden, dass Herr Duyan seine aggressiven Ärgergefühle sehr viel seltener als andere Männer seines Alters ausdrückt (Staninewerte 2). Zwar überkommen ihm sehr viel häufiger als andere Ärgergefühle. Diese unterdrückt er jedoch (Staninewert 8), indem er überdurchschnittlich viel Energie zur Steuerung und Kontrolle seiner Emotionen in ärgerprovozierenden Situationen (Staninewert 7) aufwendet.

Dasselbe Ärger-Ausdrucks-Inventar wurde von Herrn Duyan ein zweites Mal mit der Instruktion bearbeitet, sich so darzustellen, wie er gerne wäre. In dieser Idealversion näherten sich sämtliche Skalenwerte dem Durchschnitt der Altersnorm an; hinsichtlich des nach außen aggressiv ausgedrückten Ärgers entsprachen sie exakt dem Durchschnitt der Vergleichsstichprobe.

Seine Antworten in einem Selbstberichtsverfahren, das Auskunft über seine Sensationsneigung gibt, lassen die Aussage zu, dass Herr Duyan deutlich weniger impulsiv und abenteuerlustig ist als andere Männer. Er neigt in überdurchschnittlichem Maße dazu, sich in andere Menschen einzufühlen und hat die Tendenz, unter Ausnutzung ihrer Befindlichkeiten emotionale Barrieren zu übergehen.

Herrn Duyan wurde die LULES-Skala zur Beantwortung vorgelegt. Sie gibt Auskunft über die Neigung des Bearbeiters, mit der Wahrheit umzugehen. Herr Duyan bejahte 26 von 32 Feststellungen im Sinne sozialer Erwünschtheit. Daraus ist zu schließen, dass seine Selbstauskünfte mit hoher Wahrscheinlichkeit im Vergleich zum Mittelwert der männlichen Normstichprobe sehr stark von einer Tendenz gekennzeichnet sind, kleine Fehler und Schwächen zu beschönigen. Das zeigt sich in einer weit überdurchschnittlichen Tendenz des Herrn Duyan, sich dadurch in ein gutes Licht zu stellen, dass er sozial unerwünschte Verhaltensweisen nicht zugibt, obgleich man sie im allgemeinen aufweist (z.B. auch mal ein Versprechen nicht einzuhalten, weil es zu schwer war, es zu halten).

Im Vergleich zum Durchschnitt seiner männlichen Bezugspopulation liegt bei Herrn Duyan eine extrem hohe Wahrscheinlichkeit für bewusste Verfälschungstendenzen vor. So habe er nach eigenem Bekunden anderen Menschen noch niemals bewusst etwas Unwahres oder eine von ihm erfundene bzw. konstruierte

Wirklichkeit kundgetan (vgl. dazu den Gliederungspunkt „Täter-Opfer-Beziehung).

Im Clermont Frustrationstest – mit diesem psychometrischen Verfahren wird die Reaktionsbereitschaft auf emotionale und soziale Barrieren abgebildet - gab Herr Duyan Antworten, die auf ein insgesamt eher kontrolliertes Reagieren in Konfliktsituationen hindeuten. Seine teilweise recht originellen Antworten können als Hinweis auf ein gutes Durchsetzungsvermögen interpretiert werden. Sie weisen auf eine ausgeprägte Tendenz hin, andere Menschen so zu manipulieren, dass nicht er, sondern sein Gegenüber als Verlierer dasteht. Die Stärke der Aggressionstendenzen nach außen und gegen sich selbst entspricht ebenso wie das Ausmaß der Vermeidungstendenz etwa dem Durchschnitt. Im Vordergrund steht ein Reaktionstyp, der nicht die Existenz der frustrierenden Barriere, sondern die Suche nach Lösungsmöglichkeiten betont. Derartige Lösungen werden überwiegend durch eigenes Handeln angestrebt, d.h., Herr Duyan erwartet Problemlösungen nicht vorwiegend von anderen Personen, sondern ist bestrebt, auf eigene Faust das Beste aus alltäglichen Konfliktsituationen für sich zu machen.

Anhand der Partnership Problem Solving Scale beschrieb Herr Duyan seine Fähigkeit zur Problemlösung in überdauernden Partnerschaften, die von ihm eingegangen worden sind. Das Verfahren wurde ihm wiederum zweimal zur Beantwortung vorgelegt. Zuerst beschrieb er sein Problemlösungsverhalten in Bezug auf seine Ehefrau, Fulya Duyan. Als sehr stark ausgeprägt kreuzte er folgende Sachverhalte an: Im Vergleich mit anderen Paaren vertraue er darauf, partnerschaftliche Probleme zu lösen. Er erwartet von seiner Frau, dass sie sich seinen Entscheidungen unterordnet und sie mitträgt. Wie seine Entscheidungen innerhalb der Partnerschaft verwirklicht werden, das findet seine Zustimmung und Zufriedenheit. Seine Fähigkeit, Beziehungsschwierigkeiten und Probleme zu lösen, sieht Herr Duyan als effektiv an. Im Fragebogen "Wichtige Gesichtspunkte in der Partnerbeziehung" bezeichnete Herr Duyan das Ausmaß der Übereinstimmung zwischen ihm und seiner Ehefrau als in den meisten Bereichen gut. Als nicht befriedigend beurteilte er die Übereinstimmung hinsichtlich Religion und hinsichtlich Vorwärtskommen und Ehrgeiz. Gerade deshalb habe es wiederholt Auseinandersetzungen gab; hauptsächlich mit der Familie seiner Ehefrau.

Die Partnership Problem Solving Scale wurde beim zweiten Male Herrn Duyan mit der Bitte vorgelegt zu beschreiben, wie zwischen ihm und Dr. Maubesor Probleme gelöst worden seien. Demnach vertraute Herr Duyan in extremer Weise darauf, dass es ihm gelänge, Probleme gar nicht auftreten zu lassen. Seien solche allerdings entstanden, dann versuchte Herr Dyan, sie zu verniedlichen, klein zu reden. Überwiegend sei er der Verursacher dieser Probleme gewesen und habe dann häufig um die Möglichkeit der Wiedergutmachung gebeten.

Herrn Duyans alternative Strategie bestand nach seinem Selbstzeugnis darin, darauf hinzuweisen, dass Probleme dann nicht auftreten werden, wenn Dr. Maubesor ihm jene Freiheit lasse, die er brauche, um mit sich und der Welt zufrieden zu sein. Hier zeichnen sich analog zu seiner Eheführung wiederum Dominanztendenzen ab.

Bei der Regulierung von Problemen, die einen materiellen Sachverhalt betreffen, erwartete Herr Duyan großzügiges Entgegenkommen. Wer stets und ständig auf Klarheit der Verhältnisse bedacht ist, der sei im Grunde ein Prinzipienreiter, ein Muster für Kleinlichkeit, Unnachgiebigkeit und Engstirnigkeit, d.h. Herr Duyan setzte Dr. Maubesor informell ins Unrecht.

Zwischenzeitlich war Moritz Staller bei seinem Bericht angelangt, der über Herrn Duyans Untersuchungsverhalten und seine Auseinandersetzung mit der Tat Auskunft gab. Er las diese Stellen deshalb besonders genau, weil er noch von seinem Studium wusste, dass das Ausdrucksverhalten kulturabhängig variiert. Würde man also das Untersuchungsverhalten nach einem einheitlichen Maßstab beurteilen, offerierte man dem Gericht ein ziemlich unzuverlässiges Ergebnis. Staller hatte sich dieses Wissen unter dem Stichwort »Verstellungstendenzen« angelesen.

Dieser – wie Staller meint - moralisierende Begriff scheint – seiner negativen Bedeutung entledigt – ein Fachbegriff der Völkerkunde zu sein. Wie auch immer, Staller hatte im Gedächtnis behalten, dass Menschen, die im türkischen Kulturkreis erwachsen wurden, bereits in früher Kindheit die Kunst der Verstellung anerzogen bekommen. Das hat seine sozial-historischen Wurzeln in zahlreichen Glaubenskriegen härtester Art; wer sich nicht verstellen konnte, der hatte eine große Chance, vielfältige Nachteile in Kauf nehmen zu müssen und im ärgsten Falle sogar sein Leben zu verlieren. Staller formulierte deshalb besonders vorsichtig:

> Während der Untersuchung konnte mit Herrn Duyan ein guter emotionaler Rapport hergestellt werden. Er wirkte zunächst »sehr normal« und verbindlich, flexibel und gesprächsbereit. Sein großes Bedürfnis zu reden, kann als günstige Ausgangsbedingung für die Untersuchung gewertet werden. Sein anfängliches Misstrauen

während der Erhebung des psychopathologischen Befundes bezog sich primär darauf, dass ihm vergangene aktenkundige Verfehlungen nunmehr als persönliche Mängel erneut vorgehalten werden könnten. Er war betont kooperativ, ohne vordergründig anbiedernd oder allzu devot zu sein, obschon entsprechende Tendenzen in Abhängigkeit vom Gesprächsthema beobachtet werden konnten. Herr Duyan schien redlich um Aufklärung und Mithilfe bei der für ihn wichtigen Untersuchung bemüht zu sein. Er war – wie dies regelhaft beobachtet werden kann - zeitweise stark emotional bewegt. Insgesamt war ein ernsthaftes Bemühen unverkennbar, für sich selbst eine Erklärung für sein kriminelles Verhalten zu finden.

In seinem Lebenslauf schilderte Herr Duyan sich als das schwarze Schaf der Familie. Fatalistische

Einstellungen und Gefühle wurden themenübergreifend offenbar. Man kann diesbezüglich von einer Grundhaltung des Herrn Duyan ausgehen. Über sehr persönliche Sachverhalte, die ihn in ein eher ungünstiges Licht rücken könnten, sprach Herr Duyan hinlänglich frei und offen. Das betraf allerdings nicht sein sexuelles Erleben und Verhalten und seinen diesbezüglichen Lebenswandel. Die Gelegenheit, dass ihm bei seinen insgesamt ausführlichen Darlegungen zugehört wurde, entlastete ihn spürbar .

Herr Duyan übernimmt die Verantwortung für seine Tat und akzeptiert, dass er Strafe verdient habe. Er macht sich Sorgen um seinen Sohn und äußert sich im selben Sinne um Dr. Maubesors Familie. Seit seiner Inhaftierung habe er von seiner Familie nichts mehr gehört. Adnan bedeutete ihm alles, er werde ihn jetzt verlieren.

Auch während des Gespräches über seinen Sohn weinte Herr Duyan. »Wenn er alt genug ist, wird er seinen Vater suchen und vielleicht versuchen, ihn zu verstehen.« In seiner Zelle habe er ein Foto von Adnan. Das Foto von Jari habe er zerrissen und weggeworfen. Er wolle die Erinnerung an ihn ausmerzen.

Auch während der Exploration zum Taggeschehen bestand ein guter Rapport zum Sachverständigen. Je tiefer in die Thematik eingedrungen wurde, um so nachdenklicher und emotional bewegter wurde Herr Duyan. Tränen wurden mehrfach mit der Bemerkung unterdrückt, dass er sich über seine Weinerlichkeit ärgere. Das sei sonst ganz bestimmt nicht so. Er könne sich gar nicht mehr erinnern, wann ihm zum letzten Mal Tränen gekommen seien. Wiederholt war ein quälendes Suchen unverkennbar, die rechten Worte zu finden. Er bedauerte, dass er nun nach drei Monaten sich nicht mehr an alle Details genau erinnern könne. Seine Nachdenklichkeit hat Parallelen zum Gesprächsverhalten euphorisch Depressiver.

Herr Duyan sprach von häufigen Alpträumen, in denen er das Gesicht des toten Jari vor sich sehe, während er die Hände um den Hals hält. Damit verbunden sei sein fortgesetztes Nachdenken und Grübeln über die Frage, was es denn gewesen sein könnte, das ihn zur Tötung veranlasste. Das lasse ihn auch nicht zur Ruhe kommen. Herr Duyan ist sich sicher, dass es weder die Drohung gewesen sein kann, den Deal mit den LKWs auffliegen zu lassen, noch seine Intention, an den Einnahmen aus dem Geschäft mitbeteiligt zu werden. Ebenso konnte es ganz unmöglich eine körperliche Attacke von Jari gewesen sein. Dafür saßen sie zu eng beieinander und der Aktionsraum im Auto zu eng. Es müsse vielmehr etwas mit Erpressung zu tun gehabt haben, das ihn in Panik versetzt habe. Etwas anderes könne ihn nämlich nicht so leicht aus der Fassung bringen. Am ehesten könne es etwas gewesen sein, das mit dem Verrat seiner homosexuellen Beziehungen zu tun hat. Vielleicht habe es mit dem schwulen Verhältnis zwischen ihm und Oktay zu tun gehabt haben, das Dr. Maubesor gelegentlich ihm fälschlicherweise unterstellt hatte. Er könne sich beim besten Willen nicht vorstellen, was ihn sonst so provoziert haben könnte.

Dazu Stellung nehmend, wie die Katastrophe zu vermeiden gewesen wäre, meinte Herr Duyan resignativ, dass er sich hätte das Geld nicht erschleichen sollen. Aber das habe er ja gebraucht. Deswegen sei er ganz wesentlich die Beziehung zu Dr. Maubesor eingegangen. So

ganz sei Jari nämlich nicht sein Typ gewesen.
Vielleicht hätte er auch ein wenig länger warten
sollen, bis er die Beziehung zu Dr. Maubesor
austrocknet; ganz allmählich, kaum spürbar.
Und nach einigem Überlegen äußerte Herr
Duyan, dass er auch während des gemeinsamen
Wochenendes in Österreich sich etwas
kompromissbereiter hätte zeigen sollen. Auf
jeden Fall aber würde er nichts unterschrieben
haben – auch heute nicht. »Wie gesagt, ich hätte
Jari nicht um Geld anpumpen sollen und ich
hätte mir eine bessere, längerfristige Strategie so
überlegen sollen, dass er von sich aus auf die
Zurückgabe des Geldes verzichtet hätte.«

Auf die Frage, ob die Tat nicht durch Rache oder
Eifersucht motiviert gewesen sein könnte,
antwortete Herr Duyan, er sei kein rachsüchtiger
Mensch. Er habe auch nie an Rache gedacht.
Dass Eifersucht im Spiele gewesen sein könnte,

wollte Herr Duyan in letzter Konsequenz nicht ausschließen. Dabei nahm er Bezug auf Dr. Maubesors angeblichen Bekannten vom Finanzamt. »Aber es war nicht der Anlass. Ich glaube, Jari hatte meine Nerven frei gelegt, als er darauf bestand, das Geld unter allen Umständen zurückzubekommen.« Deswegen hätte Herr Duyan ihn allerdings niemals getötet. Übrigens habe man ihn im Gefängnis auf andere Möglichkeiten aufmerksam gemacht, einen Menschen zu töten. Aber auf solch eine Idee wäre er von sich aus gar nicht gekommen.

Es sollte abschließend erwähnt werden, dass sich Herr Duyan dem Untersucher auch prozessstrategisch anvertraute, indem er sich nach dem Verhandlungsablauf erkundigte und gern wissen wollte, wie er sich verhalten solle, damit er einen fairen Prozess und eine gerechte Strafe erhalte.

Der Richter und die Zusammenfassung der psychischen Befunde

Wäre Herr Krumer gefragt worden, mit welcher Gründlichkeit er die psychometrischen Befunde und überhaupt das psychologisches Profil des Herrn Duyan gelesen habe, so hätte er eingestehen müssen, dass er sie nur oberflächlich zur Kenntnis genommen hatte. Nicht, dass er abgelenkt gewesen sei. Er hatte im Laufe der Jahre die Erfahrung gesammelt, ökonomisch vorzugehen bei der Vorbereitung eines Prozesses wie dem morgen beginnenden. Manche Details, so auch die psychologischen Befunde ließ er sich im Anschluss an den Vortrag des Sachverständigen erklären, falls dafür seiner Ansicht nach überhaupt Notwendigkeit bestand. Es gehörte zu seinen Fähigkeiten und vielleicht war dies sogar eine Quelle seines Erfolges, dass er Wesentliches vom Unwesentlichen ziemlich genau zu unterscheiden vermochte, das Wesentliche wirklich ernst nahm und es im Gedächtnis behielt.

Vorerst hielt er für sich fest, dass Herr Duyan kein aggressiver Typ ist, aber er will in seinen Beziehungen zu anderen bestimmen, was zu tun und zu lassen ist. Als ebenso wichtig für seinen Umgang mit ihm sah es Krumer an, dass Duyan offenbar zwei Gesichter und eine gespaltene Zunge hat.

»Das erleichtert nicht gerade die Prozessführung und die Beurteilung des Sachverhaltes! Aber ich werde mich« das war Krumers unumstößlicher Vorsatz »von Duyan keinesfalls einwickeln lassen.«

Und nach einer Weile des Sinnierens befand Krumer: »Verstellungen nennt man das hinlänglich wertfrei; nun ja! Und dazu werden angeblich die Kinder im türkischen Kulturkreis erzogen. Wenigstens haben die dort für bestimmte Situationen eine Norm, an der sie ihr Verhalten ausrichten und überprüfen können! Was für Normen vermitteln wir eigentlich unseren Kindern? ...

... Einsicht erwarten wir von unseren Kindern!« stellte Krumer lakonisch fest. »Doch, doch! Zu einsichtigem

Verhalten erziehen wir unsere Kinder, unabhängig von der Situation. Wie nutzlos, wie unzweckmäßig, ja, wie verantwortungslos, nachgerade irrsinnig das manchmal sein kann. Einsicht muss nicht zielführend sein, aber es kann Gemeinschaft, Verhältnis zueinander arg beeinträchtigen.«

Dirk Krumer erinnerte sich an vorgestern Morgen. Die Zeit drückte. Es war bereits sieben. Mit Niklas, dem gemeinsamen Nachzügler, musste er in zwanzig Minuten das Haus verlassen, um ihn in den Kindergarten zu bringen und selbst pünktlich im Gericht zu sein. Gerhild, Krumers Frau, war bereits auf dem Weg zur Schule. Freitags begann ihr Unterricht nämlich schon um acht.

»Niklas, setz dich doch schon mal hin. Ich bring dir gleich die Milch. Willst du sie warm oder kalt trinken?«

»Nein, keine Milch!«

»Also trinkst du Orangensaft. Und was soll ich dir auf das Brot schmieren? Magst du den Frischkäse, den Mama gestern gekauft hat oder lieber Marmelade?«

»Nein!«

»Oder willst du lieber Honig aufs Brot oder ... guck mal, die tolle Leberwurst. Die magst du doch so gerne."

»Nein!«

»Was willst du denn? ... Schau, wir müssen uns beeilen. Die im Kindergarten warten nämlich schon auf dich!«

»Nein, ich will gar nichts essen!«

»Aber warum denn nicht? Schau, die Wurst schmeckt so gut. ... Und hier, die Marmelade, die hat Mama extra deinetwegen gekauft ... Man muss doch frühstücken ...«

Krumer musste kopfschüttelnd lachen, als ihm dieses Gespräch mit seinem Sohn in den Sinn kam. »Ich wollte Einsicht erreichen. Niklas sollte wissen, dass man morgens frühstückt, bevor man das Haus verlässt. Aber da war nichts zu machen. Meine Erziehung hätte darin bestehen sollen, dass Niklas merkt: Wir haben bestimmte Regeln, an die wir uns halten. Und sie gelten auch für dich. Es hätte auf beiden

Seiten weniger Verdruss gegeben, keine Niederlagen und wahrscheinlich bei Niklas keine Opposition ... Ja, klar, man kann Regeln hinterfragen. Sie gelten nicht für alle Zeiten und sind auch keine Strafe. Sie sind wie eine Schüssel, in der Salat zubereitet wird. Hätte man sie nicht, würde man schwerlich einen Salat zubereiten können, der zudem auch ansehnlich serviert wird. - Also« so beendete Krumer seinen Gedankenausflug »in unserer Kultur erziehen wir gemäß einer sehr noblen Norm. Das Prinzip Einsicht entspricht dem Wesen des Menschen. Aber es ist oft eine sehr unzweckmäßige Norm. Sie ist unzweckmäßig, weil sie oft verhindert, dass eine Zweierbeziehung gefestigt, ja ausgebaut wird. Mit Einsicht kann das gemeinsam Verbindliche oft nicht gefunden, geschweige denn erreicht werden. Wie mag das bei der Erziehung der türkischen Kinder sein? Was bedeutet dabei das Prinzip der Verstellung, das ja wohl der Duyan auch drauf hat?«

Die Lektüre des zusammenfassenden Untersuchungsbefundes nutzte Krumer dazu, sich die vielen

Facetten des Angeklagten vor Augen zu halten und, so gut es ging, einzuprägen. Die wesentlichen Hinweise zu Duyans Persönlichkeit hielt er sich deshalb auf seinem Notizzettel fest; denn er verabscheute die Randbemerkungen und Unterstreichungen in den Gerichtsakten. »Manche Nutzer scheinen die Akten zu persönlichen Notizbüchern umzufunktionieren.«

Der Verhaltensstil des Angeklagten ist durch eine Tendenz zum sensitiven Misstrauen und zu ängstlicher Vermeidung geprägt. Seine Lebensführung wird allerdings dadurch nicht wesentlich beeinträchtigt. Im unmittelbaren sozialen Kontakt ist Herr Duyan nämlich offensiv, selbstbewusst und in der Lage, sich auf seine Gesprächspartner einzustellen. Es gibt starke Argumente für die Annahme einer sozialen Bindungsunfähigkeit.

In den psychometrischen Testverfahren antwortete er sehr vorsichtig und mit einer starken Tendenz zum

Verschweigen persönlicher Unzulänglichkeiten. Da allerdings substantielle Unterschiede zwischen geschönter Selbstbeschreibung und der Darstellung seines Persönlichkeitsideals festzustellen waren, kann eine durchgängige Verheimlichung seiner grundlegenden Erlebens- und Verhaltensbesonderheiten nicht unterstellt werden.

Bei Herrn Duyan sind weit überdurchschnittliche Verfälschungstendenzen festgestellt worden. Sie sind kombiniert mit starken Rechtfertigungstendenzen, mit denen er sein Handeln in der Tatsituation neutralisierend bewertet. Mehr oder weniger explizit bringt Herr Duyan die Umstände, innerhalb derer sich die Tat entwickelte, mit der Notwendigkeit in Zusammenhang, für sein Überleben und das seiner Familie sorgen zu müssen. So wie er leben müsse, sei ungerecht. Er habe immer wieder ein ordnungsgemäßes Leben führen wollen, doch den Mauern seiner Vergangenheit zu entkommen, sei aussichtlos. Wenn Dr. Maubesor über die Großzügigkeit verfügt hätte, die er vorzugeben meinte, hätte er Herrn Duyan die elftausend Mark erlassen. Das sei für ihn ein Monatsgehalt und verglichen mit seinem sonstigen materiellen Hintergrund wirklich hinzunehmen gewesen.

Eine Persönlichkeitsstörung kann bei Herrn Duyan nach unseren Erkenntnissen nicht diagnostiziert werden. Am ehesten ist wohl bei ihm eine gehemmte Impulsivität feststellbar. M.a.W.: Seine Kontrolle, nicht aus der Haut zu fahren, ist größer und deshalb meistens wirksamer als seine Neigung zu impulsiven Entladungen. Wenn solche impulsiven Verhaltensweisen dennoch auftreten, dann sind sie wahrscheinlich das Resultat personenbezogener Interaktionen. Das gilt insbesondere für die besonderen Intimbeziehungen zu Dr. Maubesor (vgl. dazu ausführlich unten!). Jedenfalls konnten Tendenzen zur Impulsivität außerhalb der Beziehung zu Dr. Maubesor nicht nachgewiesen werden; insbesondere nicht gegenüber seinem Sohn Adnan und seiner Ehefrau Fulya.

Herr Duyan nimmt sich in Hinsicht auf seine berufliche Leistungsfähigkeit durchaus als kompetent und durchsetzungsfähig wahr. Hierbei kann von einer gewissen Selbstüberschätzung ausgegangen werden. Einen irgendwie gearteten schulischen oder beruflichen Abschluss hat Herr Duyan nicht nachzuweisen.

Die Lebensweise von Herrn Duyan, insbesondere seine fortgesetzte Schwarzarbeit, weist dissoziale Züge auf. In Bezug auf sein unmittelbares soziales Umfeld war Herr Duyan wenig integriert. Das gilt auch hinsichtlich seiner eigenen Familie, die Familie seiner Frau, sein Arbeitsverhältnis und letztlich auch hinsichtlich seiner parallelen Beziehungen zu verschiedenen seiner sexuellen Partner. Hierbei sollte berücksichtigt werden, dass das soziale Netzwerk türkischer Mitbewohner in aller Regel viel fester und strukturierter ist als das von Deutschen. Herr Duyan lebte bisher als Einzelgänger. Nur so – wie er meinte – konnte er entsprechend der von ihm gesetzten Ziele vorankommen. Entgegen seinen Einlassungen können seine sozialen Verhältnisse sehr wohl als einigermaßen gesichert und stabil beurteilt werden, wenngleich er von seinem sozialen Netzwerk (Ehe, Familie der Schwiegereltern, Familie Kuru) extrem abhängig war.

Nachdem er in seiner Jugend eher unstet gelebt hatte, bezog Herr Duyan in den letzten Jahren durch unterschiedliche, zwar wechselnde und zumeist illegale, aber offenbar kontinuierliche Erwerbstätigkeit ein mittleres Einkommen, mit dem er Frau und Kind ausreichend ernähren konnte. Er fuhr als Dienstwagen einen Mercedes Kombi, den er auch jederzeit privat nutzen konnte. Er bekommt Wohngeld vom Sozialamt, da er offiziell nur 1.500

Mark monatlich verdient. Dennoch trägt er überdurchschnittlich gute Kleidung und liebt es, häufig in Restaurants essen zu gehen. Inwieweit sein inoffizieller Arbeitgeber, Herr Kuru, an diesem undurchsichtigen Lebenswandel des Herrn Duyan mitbeteiligt ist, das aufzuhellen, wurde nicht als eine Aufgabe dieses Gutachtens angesehen.

Impulsives und gewalttätiges Verhalten ist Herrn Duyan seinen eigenen Einlassungen zufolge fremd. Er beschreibt sich vielmehr als eher gutmütig, sehr großzügig und nachgiebig, eher zu stark als zu wenig kontrolliert. Seinen Testergebnissen zufolge, reagiert er auf Frustrationen nicht überdurchschnittlich aggressiv. Ärger reagiert er nur selten nach außen in aggressiver Weise ab. Auffällig sind in diesem Zusammenhang die wiederholt berichteten Phantasien, seine Gläubiger mittels eines umfassenden Befreiungsschlages hinter sich zu lassen und seinem Leben eine andere Wendung zu geben.

Wie und womit er dies jedoch realisieren konnte oder wollte, das vermochte Herr Duyan nicht kundzutun.

Das soziale Verhalten des Herrn Duyan birgt ein hohes Konfliktpotential in sich. Prototypisch dafür ist sein sexuelles Doppelleben. Obgleich er ebenso wie seine Ehefrau in den Vernehmungen versicherte, dass seine Frau niemals etwas von gleichgeschlechtlichen Beziehungsverhältnissen des Herr Duyan erfahren haben will, so mag es doch gelegentlich zu Auseinandersetzungen darüber gekommen sein, dass Herr Duyan nicht selten viermal pro Woche die Abende allein außerhalb seiner Wohnung zubrachte. Ob Herr Kuru von diesem seinem Doppelleben etwas wisse, das beantwortete Herr Duyan vielsagend. Auf jeden Fall aber ist er extrem vorsichtig gegenüber seinen Landsleuten. Wenn die Familie seiner Frau Kenntnis von seinen gleichgeschlechtlichen Neigungen bekäme, liefe das auf eine Ächtung seiner Person hinaus. Nicht aufgeklärt werden konnte, inwieweit diese starken Verheimlichungstendenzen auch mit Verhaltensweisen zusammenhängen, die den Charakter von gleichgeschlechtlicher Promiskuität haben. Herr Duyan mochte keine Einzelheiten nennen, ob er gleichzeitig zu dem Verhältnis zu Dr. Maubesor auch noch andere Verhältnisse eingegangen war, wie häufig diese Verhältnisse wechselten und welche Rolle finanzielle Vergünstigungen dabei spielten.

Herr Duyan hatte spätestens seit Ende Mai diesen Jahres Gewissheit darüber erhalten, dass Dr. Maubesor die geliehene Summe Geldes zurück haben wollte. Damit, das war sicher, würde es auch zu einer Beendigung des Beziehungsverhältnisses kommen. Herr Duyan musste sich eingestehen, dass in Folge dessen der Statusunterschied zwischen ihm und seinem halb legalen Arbeitgeber, Herrn Kuru, sich beträchtlich vergrößern würde, wenn er erführe, dass Dr. Maubesor die Rückzahlung des Kredits verlangte.

Das Verhältnis zwischen beiden Landsleuten ist nicht nur durch ihre unterschiedliche Vermögensverhältnisse charakterisiert, sondern auch durch Rivalitäten mannigfacher Art (z.B. Auto, Motorrad, Immobilienbesitz, Urlaubsreisen).

Herr Duyan räumte ein, dass er von Herrn Kuru jederzeit fallen gelassen werden konnte wie eine heiße Kartoffel. Wenn es bisher dazu nicht gekommen war, dann nur deshalb, weil Oktay Kuru befürchten musste, dass dann so manche seiner fragwürdigen Geschäfte auffliegen würden. Herr Duyan sieht in diesem Faktum seine »einzige Trumpfkarte« gegenüber Herrn Kuru. Die Ambivalenz gegenüber Herrn Kuru destabilisierte Herrn Duyan darum beträchtlich. Er verspürte Hass gegenüber seinem Rivalen. Zugleich aber brauchte Herr Duyan diesen Rivalen. Er war für ihn die Quelle für finanzielle Einkünfte und zugleich das Alibi gegenüber seiner Frau.

Die Täter-Opfer-Beziehung

Richter Krumer gefiel es, dass es dem Sachverständigen einigermaßen gelungen war, sein Gutachten nicht durchgängig in einem akademisch-präzisen, mit Fachchinesisch überfrachteten Stil zu verfassen. Bei dem im Text gebrauchten Fachbegriffen wusste er, was damit gemeint war. In ihm wuchs ein Gefühl, kompetent zu sein im Hinblick auf die Beurteilung des Gutachtens, wirklich mit reden zu können, wenn es um das wissenschaftlich begründbare Erleben und Verhalten des Angeklagten ging. Krumer brauchte nicht hinzunehmen, was da geschrieben stand. Er konnte den Text des Gutachtens im Unterschied zu manchen anderen tatsächlich in seine Prozessstrategie einbauen.

»Man lernt halt nie aus!" Aber die Verstiegenheiten und Spekulationen mancher psychologischen und mehr noch psychiatrischen Sachverständigen lesen oder gar erst anhören zu müssen, das macht mir alles andere als Vergnügen. Aber ich musste es lernen, damit umzugehen, musste lernen, diese Art zu denken als prozessrelevant anzusehen. – Freude am Lernen?« Richter Krumer brauchte eine Weile, um wenigstens den Ansatz einer ihn selbst zufrieden stellenden Antwort zu finden.

»Jedenfalls kann ich mich daran nicht erinnern, mit Freude gelernt zu haben ... Freude am Lernen – das zu behaupten, scheint mir überhaupt einer der Kardinalfehler der Erziehungswissenschaften seit den letzten fünfzig Jahren zu sein. Es gibt zwar keine Wissenschaft, die nicht irrt. Aber mit dem Irrtum, dass der Lernprozess Freude bereite bzw. bereiten soll – wie gesagt: der Prozess des Lernens selbst - damit ist es ein ziemliches Beschwernis. ‚Wo die Natur aus ihren Grenzen wanket, da irret alle Wissenschaft' – so oder so ähnlich äußerte sich Schiller in seinem ‚Wallenstein' ... Von den Kathedern trichtern die Gelehrten ihren Studierenden ein, dass Lernen eine lustvolle Erlebnisqualität sei. Dabei haben sie vermutlich vergessen, dass studieren sich mühen heißt ... Und ungezählte Lehrer haben alle möglichen Verrenkungen gemacht, damit ihre Schülerinnen oder Schüler doch bitteschön gern lernen mögen. Ein Blick in die Schulbücher zeigt es aber: Mit Farben, Figuren, Comics will man Selbstverständliches begreiflich machen! Hat man jemals untersucht, wie sehr die Schüler dadurch unterfordert werden? Es hat gelegentlich den Anschein, als ob die Lernenden darum gebeten werden, doch bitteschön das Lernen als lustvoll aufzufassen. Wer Freude am Lernen verspricht, der täuscht oder irrt! Ist es dann ein Wunder, wenn die Zöglinge zu Verweigerern, Dünnbrettbohrern oder raffinierten Menschen werden?

Allerdings glaube ich auch« - an dieser Stelle differenzierte Krumer seine Einstellungen gegenüber dem Lernen - »dass man deshalb so hartnäckig irrt, weil man selten gänzlich irrt. Lustvoll kann es sein, eine Wissenslücke zu schließen, seine Neugier zu befriedigen. Diese Art von Lust und Neugier ist der Antrieb und nicht das Gefühl, das Lernen begleitet. Das Sich-Einverleiben, Sich-Zu-Eigen-Machen ist um so mehr mit Mühe, mit Anstrengung, mit Aufwand, ja mit Opfer verbunden, je aufwendiger und dauerhafter der Prozess ist. Es ist schon mit mancherlei Anstrengung verbunden und kostet Kraft zu lernen, dass unsere Welt nicht so ist, wie wir sie gerne hätten. Aber das gilt auch für unsere eigene innere Welt. Duyan ist dafür – Gott sei's geklagt - ein gelungenes Beispiel.

Lernen, das ist der Berg, den man ersteigen muss, wenn man in die Weite seines Wissens und seiner Erfahrungen blicken will. Was man dabei empfindet, kann Erfolg, kann Zufriedenheit, aber auch Misserfolg und Resignation sein. Wenn doch unsere Jugend dies in aller Offenheit und unverstellt beigebracht bekäme! Wenn sie – und so mancher Erwachsene ebenso - lernte, ein ausgeglichenes Verhältnis von Anstrengung, Entbehrung, und Lohn auf sich zu nehmen. Die redlichen Mühen des Lernens und die Freude über das Gelernte, das sind die beiden Seiten derselben Münze.

Hätte dieser Duyan das irgendwann einmal begriffen, wäre dies ihm beigebracht worden, ich brauchte mich heute nicht mit ihm zu beschäftigen. Da bin ich mir ziemlich sicher.«

Krumer resümierte, dass es zwecklos sei solche Überlegungen anzustellen. Immerhin verdiente er ja seinen Lebensunterhalt damit, dass Menschen wie Duyan so lebten, dass sich Juristen und Sachverständige, allmählich dann auch Pädagogen, mit ihnen befassten. Es ist nicht gewünscht, das Etablierte zu hinterfragen. - Sich wieder mit dem Gutachten auseinandersetzend, entwarf Krumer, an welchen Stellen des Prozesses und welchen Verfahrensbeteiligten gegenüber er sein Wissen aus dem Gutachten unmittelbar berücksichtigen werde. Viele Textstellen werde er in seine Urteilsbegründung einfließen lassen. – Weiter las er:

Das Verhältnis des Angeklagten zu Dr. Maubesor war von zwei Motiven gekennzeichnet. Zum einen wollte Herr Duyan sich an Dr. Maubesor bereichern. Dazu nutzte er den Gleichklang ihrer sexuellen Orientierung aus. Zum anderen war das Verhältnis wenigstens in der Konsolidierungsphase durch ein mehr oder weniger intensives Bindungsmotiv auf seiner Seite geprägt. Trotz der Verschiedenheit im Erleben und Verhalten beider harmonisierten sie anfangs gut und ergänzten sich in ihren Erwartungen aneinander. Indem er sich als der ruhigere, aber doch wohl dominante Pol definierte, ermöglichte er Dr. Maubesor offenbar, in gesichertem Rahmen seine intimen Bedürfnisse auszuleben.

Dr. Maubesors wiederholtes Verlangen um Rückzahlung des Geldes und die gelegentlichen, aber niemals ernst gemeinten Zusagen von Herrn Duyan bildeten den Inhalt des Konfliktes ihres Beziehungsverhältnisses. Denn eine Rückzahlung des Kredites lag während eines überschaubaren Zeitraumes außerhalb jeglicher realisierbarer Möglichkeiten. Trotzdem reagierte Herr Duyan darauf eher defensiv, hinhaltend und »vernünftig«. Er gab sich damit zufrieden, »dass es nicht ausartete«, wenn Dr. Maubesor ständig das Geldthema anschnitt.

Mit seinem taktischen Verhalten war Herr Duyan zunächst recht erfolgreich. Die Beziehungen blieben für längere Zeit im großen und ganzen hinlänglich stabil.

Das änderte sich an jenem Wochenende, das sie gemeinsam in Österreich verbrachten. Herr Duyan akzeptierte, dass Dr. Maubesors Forderungen rechtlich korrekt waren. Herr Duyan überließ das Gesetz des Handelns scheinbar Dr. Maubesor. Tatsächlich bestimmte er weitgehend, was wann wie geschah. Sein erfolgreichstes Mittel, dies zu realisieren, bestand darin, dass er äußere Sachzwänge für sein Wollen verantwortlich machte.

Die Anschaffung mindestens eines gebrauchten LKWs war für Herrn Duyan von erheblichem, nachgerade existentiellem Belang. Während er in dem Geschäft des Herrn Kuru illegal als Angestellter tätig war, schuf er sich mit den LKWs die Grundlagen für ein selbständiges Unternehmen, allerdings in

Teilhaberschaft mit Herrn Kuru. Möglicherweise trug die Forcierung dieser Seite seines beruflichen Vorankommens auch dazu bei, das Verhältnis zu Dr. Maubesor weitgehend zu entflechten. Die ihm zugedachte Rolle und Funktion eines Mitfinanziers hatte er nämlich bereits bei der Übergabe der 11.000 Mark erfüllt.

Herr Duyan hat sich zu keiner Zeit auf die tatsächliche Rückzahlung des Darlehens eingelassen. Auch in der psychologischen Untersuchung blieb er bei diesem seinen Standpunkt. Er sieht wohl, dass er zur Rückzahlung hätte rechtlich beauflagt werden können. Dennoch hätte eine solche Auflage nicht – zumindest nicht in nächster Zeit - realisiert werden können, weil Herr Duyan gar nicht über die Voraussetzungen zur Abtragung seiner Schulden verfügt, wenigstens nicht nachweisbar.

Ab Mitte Juni scheinen Selbstwerterleben und auch die Leistungsfähigkeit von Herrn Duyan fragiler zu werden. Spannungen innerhalb der Familie nehmen zu. Sein Verhältnis zu Dr. Maubesor wird fortschreitend labiler. Diese Entwicklung ist in Zusammenhang damit zu sehen, dass eine weitere gerichtliche Auseinandersetzung für Herrn Duyan unaufhaltsam anstand. Dies hätte vermutlich eine Versicherungsklage (vgl. Blatt 211) oder ein Mietstreit (vgl. Blatt 255) oder gar beides sein können. Das wollte Herr Duyan selbstredend verhindern, indem er den Forderungen seiner Gläubiger mit dem Geld von Dr. Maubesor entgegenkam. Hier sei allerdings festgehalten, dass Herr Duyan unterschiedliche und widersprüchliche Angaben über die Verwendung des von Dr. Maubesor geliehenen Geldes gemacht hat.

Seine weiter vorn beschriebenen Verhaltensstrategien bestanden darin, Dr. Maubesor zu betrügen und hinzuhalten. Während der Untersuchung bezeichnete sich Herr Duyan in diesem Zusammenhang als ein Meister unklarer Aussagen aus. Zum Wertesystem von Herrn Duyan gehört es auch, dass man ohne Skrupel von dem nehmen kann, der genügend hat. Und nicht ohne den Ausdruck eines kalten Lächelns fügte er hinzu »der hat doch ohnehin genügend Geld und Vermögen. Immerhin bin ich ihm ja auch freundlich-intim entgegenkommen. Das können Sie auch als eine Gegenleistung ansehen.«

Herr Duyan hat nicht nachvollziehen können, dass Dr. Maubesors Beharrlichkeit die einzige Möglichkeit war, mit ihm eine Rückzahlungsvereinbarung zu treffen. In seiner Phantasie setzte sich Herr Duyan aggressiv dagegen zur Wehr (mit einem Rundumschlag sich aller seiner Gläubiger zu entledigen). Er musste allerdings irgendwann feststellen, dass er von Dr. Maubesor kein weiteres Geld bekommen würde. Deshalb vollzog er wahrscheinlich kurze Zeit nach Erhalt des Darlehens innerlich die Trennung von Dr. Maubesor. Sein Problem bestand nun aber darin, seine allmähliche Abkehr von Dr. Maubesor so in die Tat umzusetzen, dass das langsame Erkalten und Absterben der beiderseitigen Beziehungen auch von Dr. Maubesor vollzogen und bejaht wurde. Herr Duyan sieht es als einen Fehler an, hierbei zu schnell und unzweckmäßig gewesen zu sein.

In den Wochen nach dem Österreichaufenthalt kam es zu einer Zuspitzung und zu einer überraschenden Wende in den Lebensverhältnissen des Herrn Duyan. Zunächst wurde die familiäre Lage so belastend und untragbar, dass seine Frau mit dem gemeinsamen Sohn zu ihren Eltern ziehen wollte. Herr Duyan hatte eine gerichtliche Auseinandersetzung mit seiner Vermieterin verloren (Blatt 254 ff) und musste nun eine neue Wohnung suchen. Zudem erhielt Herr Duyan eine Zivilklage für ausstehende Mietzahlungen aus einem Mietverhältnis, das vor vier Jahren beendet worden war (Blatt 259). Schließlich verlangte die Autoversicherung eine Teilzahlung in

Höhe von dreitausend Mark (Blatt 211 ff). In welcher Weise und mit welcher Intensität die von Herrn Duyan andeutungsweise genannte Mafia Forderungen stellte, blieb unklar. All dies hatte Auswirkungen auf das Beziehungsverhältnis zu Dr. Maubesor. Herry Duyan erwartete, dass Dr. Maubesor Rücksicht mit seinen Forderungen nehme.

Die Wochen, in denen Dr. Maubesor mit seiner Familie in Sommerurlaub war, waren für Herrn Duyan sehr positiv. Nach seiner Rückkehr – so hoffte Herr Duyan – werde Dr. Maubesor auch den nötigen inneren Abstand zu ihm haben. Die Anrufe, sich zu treffen, würden mehr und mehr ausbleiben. Zudem hatte er zugestimmt, dass seine Fulya nebst Sohn ab Ende Juli für vier Wochen zu den Verwandten in die Türkei geflogen war (»Das Geld dafür habe Oktay vorgeschossen.«). Damit hatte Herr Duyan auch wieder mehr persönliche Freiheit und konnte nach eigenen Worten »auch mal wieder ausgehen und erst weit nach Mitternacht heim kommen, ohne Rechenschaft ob sein Verbleiben geben und sich Vorwürfe anhören zu müssen«. Die Rückkehr von Frau und Kind am 24. August feierten beide ausgelassen. Es wurde eine lange Nacht, nicht nur, weil es viel zu erzählen gab. Um so niederschmetternder wirkte Dr. Maubesors Anruf am 25. August. Damit habe Herr Duyan ganz und gar nicht gerechnet.

Zum psychischen Zustand des Herrn Duyan in den folgenden zwei Tagen bis zur Tat sind nur seine eigenen Angaben hinreichend differenziert, wenngleich großenteils einseitig. Daraus wird nachvollziehbar, dass die Wirkung des Anrufs und das zu erwartende Schreiben des Rechtsanwaltes von Dr. Maubesor für Herrn Duyan eine tiefe Niederlage darstellte, die bei Herrn Duyan ein erhebliches Maß an Hoffnungslosigkeit, aber auch Hilflosigkeit

auslöste. Vielleicht wurden aggressiv-paranoide
Phantasien ausgelöst.

Herr Duyan war ausgesprochen unkooperativ in der
Beschreibung dessen, wie er seine Beziehung zu Dr.
Maubesor angebahnt und ausgenutzt hatte. Er würde
sich heute im Hinblick auf das verlangte Geld
vermutlich nicht anders verhalten. Sein Fehler habe
letztendlich darin bestanden, dass er Dr. Maubesor
um das geliehene Geld prellen wollte, aber keine
konkreten Vorstellungen gehabt habe, wie er darin
erfolgreich sein könnte. Mit der Hartnäckigkeit des
Dr. Maubesor hatte Herr Duyan nicht gerechnet. Das
begründet seinen weitgehend instabilen Zustand
während der sogenannten Tatanlaufzeit. Die desolate
psychische Verfassung von Herrn Duyan hat auch
Arbeitgeber, Herr Kuru während seiner Vernehmung
(vgl. Blatt 85) bestätigt. Beispielsweise waren die von
Herrn Duyan aufgenommenen Aufträge
unvollständig, fehlerhaft. Er, Herr Kuru, mußte in der

Woche vor dem Tötungsgeschehen nicht weniger als fünf Aufträge spezifizieren, indem er bei den Auftraggebern telefonisch vorstellig wurde.

Auf das Treffen mit Dr. Maubesor bereitete sich Herr Duyan in der Weise vor, dass er sich so ankleidete, wie es Dr. Maubesor gut gefiel. In früheren Vernehmungen äußerte Herr Duyan seine prinzipielle Bereitschaft, allenfalls einen Teil des Geldes zurückzuzahlen. Wahrscheinlich war Herr Duyan emotional, als er diese Aussagen von sich gab. Während der psychologischen Untersuchung wies Herr Duyan nämlich jegliche Möglichkeit einer Rückzahlung indessen von sich.

Als sich Täter und Opfer unmittelbar vor der Tötung für einen Waldspaziergang entschieden, suchte Herr Duyan zunächst nicht von sich aus eine Aussprache. Er wartete in der für ihn typischen Weise ab, wie sich das Geschehen entwickeln werde. Sein Verhalten war durchgängig defensiv (»Das kannst du doch nicht mit mir machen!«). Den Vorschlägen von Dr. Maubesor stellte er zumeist soziale Barrieren entgegen. Es sei zu spät, um das Ehepaar Kuru anzurufen; Frau Kuru sei schwer krank; er selbst sei nur Teilhaber an den LKWs und zudem nicht der rechtmäßige Besitzer.

Als das Gespräch im Auto des Dr. Maubesor wiederum eine ernsthafte Wendung annahm und Herr Duyan merken musste, dass Dr. Maubesor auf der Rückgabe des Darlehens bestand, versuchte Herr Duyan Dr. Maubesor dadurch zu besänftigen dass er ihn am Arm und am Bein streichelte.

Vorübergehend überkam Herrn Duyan aber auch der Anflug einer Bedrohung, so dass er am liebsten das Auto des Dr. Maubesor verlassen hätte. Immer noch schwankte er zwischen dem verzweifelten Eingeständnis seiner Niederlage – was so viel bedeutete, wie dem Verlangen nach Rückzahlung des Geldes nachzugeben - und der Hoffnung, die Vorschläge und Argumente des Dr. Maubesor zu entkräften. Sein Vorsatz, selbst in diesem schwierigen Gespräch und in der für Herrn Duyan allzu brenzligen Situation eine Lösung zu verhindern, gewann letztlich doch die Oberhand.

Während der Konfrontation befand sich Herr Duyan gemäß eigener Bekundungen in einem bewusstseinsklaren, allerdings emotional stark angespannten Zustand. In dem Streicheln von Dr. Maubesors Arm und Bein kommen seine Unschlüssigkeit, die Ambivalenz seiner Gefühle, aber auch seine Findigkeit zum Ausdruck, das rasende Verlangen seines Gläubigers zu dämpfen und damit dessen Pläne zu durchkreuzen. Es soll allerdings festgestellt werden, dass diese und analoge Handlungen des Herrn Duyan mit großer Wahrscheinlichkeit unbewusst abgelaufen sind, jedenfalls nicht vorsätzlich.

In diesem Gespräch war für Herrn Duyan neu und völlig überraschend, dass Dr. Maubesor an den

Einnahmen des LKW-Unternehmens finanziell mitbeteiligt sein wollte. Allmählich ging ihm auf, wie Dr. Maubesor die Beziehung zu ihm gestalten wollte, wenn sexuelle Kontakte zwischen ihnen nicht mehr stattfinden würden. Es sollte nicht sein, dass Dr. Maubesor der eigentliche Gewinner werden würde. Seinen Forderungen und Drohungen wusste Herr Duyan allerdings, bis auf hilflosen Zärtlichkeiten und verbalen Weigerungen, nichts entgegenzusetzen. Beide gerieten in Rage und drückten ihre wütende Erregung durch Gestikulieren bzw. einen entsprechenden Gesichtsausdruck aus.

Welcher Anlass der Tat unmittelbar vorausging, vermochte Herr Duyan nicht anzugeben. Die frühere Erklärung, dass es die Drohung gewesen sei, seine illegalen Verdienste dem Finanzamt, Arbeitsamt und Sozialamt anzuzeigen oder von seinen schwulen Aktivitäten der Ehefrau zu berichten, hält er nach vielen Selbstbefragungen für nicht sehr wahrscheinlich. Für die Tat selbst behauptet er völlige Erinnerungslosigkeit. Erst als sein Opfer bereits tot war, sei er wieder zu klarem Bewusstsein gekommen.

Sein Verhalten in den Stunden nach der Tat, bis zum Rufen der Polizei, ist schwer zu beurteilen. Obwohl er das Naheliegende, nämlich Hilfe zu rufen, unterließ, erscheint sein Verhalten nicht irrational. Er bemühte sich zunächst um die Leiche und ordnete dann seine Gedanken, wie er sich weiter verhalten sollte. Diesen Verhaltensweisen entspricht der Eindruck von Bewusstseinsklarheit, aber psychisch erheblicher Verlangsamung, den Herr Duyan am Morgen bei Herrn Kuru erweckte (vgl. Blatt 86). Aus heutiger Sicht hält es Herr Duyan für einen weiteren schweren Fehler, die Polizei nicht sofort gerufen zu haben.

Herrn Duyans Tat wird am ehesten nachvollziehbar als eine »Terminierungsreaktion«, wie sie typischerweise für Beziehungstaten in der Literatur beschrieben wird: Das ungelöste Problem, das durch die Verzweiflungstat gewissermaßen »aus der Welt geschafft« wird, ist die Aufrechterhaltung einer Partnerbeziehung. Die Partnerbeziehung betrifft allerdings nicht die zur Dr. Maubesor oder zu seiner Ehefrau, sondern zu Herrn Kuru. Das existentielle Gebundensein des Herrn Duyan an Herrn Kuru ist sehr wahrscheinlich ausschlaggebend dafür, dass er keine Alternative zur Partnerschaft mit Herrn Kuru sah. Hierbei gilt es die geringe Durchsetzungsfähigkeit des Herrn Duyan gegenüber Herrn Kuru zu berücksichtigen. Ihm gegenüber fühlte er sich durchgängig als der unterlegene Partner.

Was nun die Partnerschaft zwischen Herrn Duyan und Dr. Maubesor betrifft, so war sie aus Sicht von Herrn Duyan in einem zweifachen Sinne von Vorteil. Zum einen war sie Mittel zum Zweck, sich von Dr. Maubesor Geld zu besorgen, das wesentlich der Unabhängigkeit von Herrn Kuru dienen sollte. Dieses Motiv verheimlichte Herr Duyan indessen Dr.

Maubesor, der bereits in diesem Stadium unerkannt Opfer seiner Beziehung zu Herrn Duyan werden sollte. Der Vorwand des Autokaufes hatte in diesem Zusammenhang lediglich Fassadenfunktion. Zum anderen war die Beziehung zu Dr. Maubesor in sexueller Hinsicht von Vorteil, wobei beide Männer gleichermaßen von dieser Beziehung profitierten. Herr Duyan »steht auf reife Männer in den besten Jahren». Gewiss war der sexuelle Aspekt in ihrer Stellung zueinander für ihn am Beginn ihres Kennenlernens von vordringlichem Interesse. Weil im Ergebnis aller Explorations- und Untersuchungsbefunde nicht ausgeschlossen werden kann, dass Herr Duyan seine emotionale Gewogenheit gegenüber Dr. Maubesor sehr bald schon nur vorspielte und ihn damit betrog, kann in dem daraus resultierenden Verhalten ein Moment des Vorsatzes gesehen werden.

Bilanz ziehend lösten zwei Erlebens- und Verhaltensbedingungen die Tötungshandlung des Herrn Duyan aus: Das charakteristische emotionale Hin und Her während der extrem aufgeladenen Auseinandersetzung unmittelbar vor der Tat und deren Unkontrollierbarkeit durch Herrn Duyan. Er wollte unbedingt die Rückgabe der elftausend Mark verhindern. Die Aussichtslosigkeit seiner Zielerreichung und das Eingeständnis, dass Dr. Maubesor letztlich doch obsiegen werde, bewirkten eine psychische Lähmung, die es unmöglich machte, den Zustand der völligen Verzweiflung zu verlassen. Im Gegenteil! Das geänderte Machtgefälle in der Täter-Opfer-Beziehung, das mehrfach wiederholte Wechselspiel zwischen Eingehen auf die Vorschläge und Forderungen des Opfers und der Verhinderung einer für Herrn Duyan befriedigenden Lösung sowie schließlich seine Angst vor dem Öffentlichwerden seiner rechtlich sanktionierten Handlungen

(Schwarzarbeit, Betrug) ebenso wie seiner homosexuellen Orientierung, das alles war während des Disputes im Auto ganz unmittelbar vor der Tötung noch stärker als je zuvor eskaliert.

Nicht schuldfähig – gemindert schuldfähig – schuldfähig?

Ünsal hatte sein Abendbrot längst zu sich genommen. Zwei Scheiben Brot hatte er sich mit Käse belegt. Die Butter war unberührt geblieben. Aber die beiden kleinen Gewürzgurken schob er sich als erstes direkt in den Mund. Auf kleine Genüsse verzichten zu wollen, ist gefühllos. Ünsal waren Gelegenheiten, sich zu vergnügen und sie zu genießen, hier während seiner Untersuchungshaft abhanden gekommen. Deshalb gewannen solche Kleinigkeiten wie Gewürzgurken für Ünsal an Bedeutung konzentrierte. Der Haustee war lauwarm und schmeckte wie eh und je abgestanden. Mit dem Essen hielt er sich nicht lange auf, denn er hatte sich vorgenommen die letzten Teile des Gutachtens erst nach dem Abendbrot zu lesen. Obgleich er den Text schon kannte, überkam ihn ein flaues Gefühl. Er fühlte sich ausgeliefert und hätte seine Verfassung mit einem Fall ins Bodenlose beschreiben mögen. Es half ihm nichts, dass das Gutachten ziemlich glimpflich über ihn urteilte. Was aber, wenn sich das Gericht an die Schlussfolgerungen nicht hielt, die der Sachverständige dem Gericht empfohlen hatte? Am liebsten hätte er irgendein Orakel befragen mögen, um den Ausgang seines Prozesses vorhersehen zu können.

Es war ihm kalt geworden. Die Heizung war schon seit einiger Zeit auf Nachttemperatur herunter geregelt worden. Das Zellenfenster war noch immer gekippt. Von seiner Bettdecke versprach Ünsal sich Wärme. Er zog sich eilig aus, legte sich in das schmale, nicht eben stabile Bett und wickelte sich mit seiner Bettdecke rundum ein. In der Regel sucht der Mann immerzu nach jemanden oder etwas, dem er sich ausliefern kann, denn als Abhängiger fühlt er sich geborgen - und seine Wahl fällt dabei meist auf einen Menschen, der ihm die Möglichkeit des Sosein Dürfens ermöglicht. Bei Ünsal war es kein Mensch, dem er sich hätte jetzt preisgeben können. Seine einzige Gelegenheit, sich auszuliefern, bestand darin, sich der Wärme seines Bettes überzulassen. Halb auf dem Bauch, halb seitwärts liegend begann er die Antworten des Sachverständigen, Dr. Staller, zu den Fragen des Gerichts zu studieren.

Auf der Grundlage der oben gegebenen Persönlichkeitsbeschreibung ist, abweichend vom Erstgutachten des psychiatrischen Sachverständigen eine Persönlichkeitsstörung klar auszuschließen, die dem Grad nach einer »schweren anderen seelischen Abartigkeit« entsprechen würde. Das zur Abhängigkeit tendierende Verhaltensmuster in der Beziehung zum Opfer, Dr. Maubesor, tritt nicht generalisiert auf. Für die weitere Beurteilung sind Herrn Duyans Abhängigkeitstendenzen als eine begünstigende, aber nicht ausschlaggebende Bedingung für kriminelles Verhalten anzusehen.

Um die Frage zu beantworten, ob zum Zeitpunkt der Tat ein psychischer Ausnahmezustand im Sinne einer tiefgreifenden Bewusstseinsstörung vorgelegen haben kann, durch den die Einsichtsfähigkeit in die Unrechtmäßigkeit seines Tuns und/oder die Steuerungsfähigkeit des Angeklagten beeinträchtigt wurde, werden im folgenden wissenschaftlich allgemein anerkannte Beurteilungskriterien herangezogen. Sie sind auch in der Rechtspraxis allgemein für jene Delikte akzeptiert, welche im Zustand eines starken Affektes begangen worden sind. Da außer den Einlassungen des Angeklagten keine Hinweise auf den Tatablauf und die unmittelbare Vorgeschichte vorliegen, wird der Beurteilung des von ihm dargestellten Herganges zugrunde gelegt. Die Einlassungen des Beschuldigten stehen nicht im Widerspruch zu Ergebnissen weiterer Tatsachenermittlungen.

Hinsichtlich des Kriteriums der spezifischen Vorgeschichte der Tat entspricht der Beziehungskonflikt zwischen Arco Ünsal Duyan und Dr. Jari Ben Maubesor den beschriebenen typischen Konfliktmustern. Die fortschreitende Zermürbung und Labilisierung der psychischen Kräfte des Täters sind abzulesen aus der zunehmenden Hilflosigkeit seines Verhaltens, der fortschreitenden sozialen Isolierung – hier sei darauf verwiesen, dass Herr Duyan nicht in Abrede stellte, parallel zu Dr. Maubesor auch mindestens ein weiteres gleichgeschlechtliches Verhältnis zu unterhalten. Die Stunden vom Nachmittag bis Abend des Tattages können deshalb als Form der spezifischen Tatanlaufzeit beschrieben werden. Der psychische Zustand, in dem sich Herr Duyan am Tag der Tat befand, kann aufgrund der berichteten Symptome als eine akute psychische Belastungsreaktion, die stark depressiv akzentuiert war, diagnostiziert werden.

Die affektive Ausgangssituation vor der Tat ist dadurch gekennzeichnet, dass Herr Duyan das Geschehen kaum mehr beeinflusste, sondern nur mehr auf die von Dr. Maubesor vorgetragenen Mitteilungen und Forderungen reagierte. Dessen Mitteilungen lösten bei ihm schwere emotionale Bewegungen aus. Sie stehen nicht im Widerspruch zu den anderen ermittelten Tatsachen. Wie in der Vergangenheit kontrollierte Herr Duyan zunächst seine emotionalen Erregungen mit defensiven Versuchen. Er konfrontierte Dr. Maubesor mit dessen Versprechungen, die er Herrn Duyan gegenüber gemacht habe. Eine weitere defensive Verhaltensstrategie bestand in deplazierten Zärtlichkeiten. Dieses Oszillieren unterschiedlichster Handlungstendenzen könnte einen Erlebniszustand zur Folge gehabt haben, in dem eine eigentliche Entschlussbildung kaum mehr möglich war.

Die Persönlichkeit des Angeklagten,
insbesondere seine Neigung zu einer nach innen
gerichteten Verarbeitung von Ärger, entspricht der als
kennzeichnend für viele Affekttäter beschriebenen
Überkontrolliertheit und Neigung zur Zurückhaltung
und gar Unterdrückung der Gefühle. Das zur
Abhängigkeit neigende Verhaltensmuster in der
Beziehung und die im Ergebnis geringe
Durchsetzungsfähigkeit des Angeklagten gegenüber
seinem Partner Dr. Maubesor bei gleichzeitig
ausgeprägtem Misstrauen und Kränkbarkeit legte den
Boden für die starke affektive Anspannung, die in der
Tatsituation nicht mehr konstruktiv kanalisiert
werden konnte.

Hinweise auf ein impulsives, elementares
Tatgeschehen ohne Sicherungstendenzen ergeben sich
aus der Begehungsweise selbst und aus dem Fehlen
von vorbereitenden Tatspuren. Solche würden auf
eine längere Auseinandersetzung oder überhaupt auf

eine Gegenwehr des Opfers hindeuten. Der Hergang würde dann auch für eine abrupte explosive Entladung sprechen, die den verhängnisvollen Höhepunkt einer fortschreitend stärker werdenden affektiven Bereitschaft bildete.

Die weiteren Kriterien sind in ihrer Bedeutung weniger gewichtig und teilweise nur schwer verlässlich zu beurteilen. Sie stützen im vorliegenden Fall jedoch ebenfalls die Annahme einer tiefgreifenden Bewusstseinsstörung. In den Stunden unmittelbar nach der Tat ist Herr Duyan mit großer Wahrscheinlichkeit ob seines Tötungsverhaltens stark erschüttert gewesen. Allerdings fehlen Hinweise auf vegetativen Begleiterscheinungen, die die Schwere der Erschütterung kennzeichnen würden. Hinweise auf Bewusstseinseinengung und Orientierungsstörungen ergeben sich nur indirekt. Die Erinnerungen an das eigentliche von Herrn Duyan begangene Tötungsdelikt lassen in ihrer Klarheit mit zunehmender zeitlicher Annäherung an den Tötungsakt zu wünschen übrig. Für die tiefgreifende Bewusstseinsstörung spricht außerdem dass Herr Dyuans Wahrnehmungsfunktionen markant wieder einsetzten und er raum-zeitlich wieder völlig orientiert war, als plötzlich eine Verkehrsdurchsage aus dem auf stumm geschalteten Autoradio ins Bewusstsein eindrang.

Die von Herrn Duyan geltend gemachte Erinnerungsstörung für den eigentlichen Tathergang passt der Form nach zu einer psychogenen Amnesie; allerdings gibt es keine verlässlichen Möglichkeiten, eine solche tatsächliche Amnesie von einer bloßen Schutzbehauptung zu unterscheiden. Hier sei auf ausgeprägte Selbstbeschönigungs- und Fälschungstendenzen von Herrn Duyan hingewiesen, die er in der psychometrischen Untersuchung offenbarte.

Der eigentliche Auslöser der Tat ist unbekannt, möglicherweise banal, und würde damit dem Kriterium Diskrepanz zwischen Tatanstoß und Reaktion entsprechen. Die Tat ist insofern als persönlichkeitsfremd zu beurteilen, als vorherige Aggressionen des Herrn Duyan gegen seine Partner strittig sind und das Opfer selbst nicht mit einer Gewalttat rechnete. Auch Herrn Duyans Ehefrau, Fulya, bestätigte während ihrer Vernehmung (Blatt 187, 344), niemals von ihrem Ehemann geschlagen worden zu sein. Er sei eher ein Feigling als ein Angreifer.

Ob und ab wann das Verhalten von Herrn Dyuan als sinnwidrig oder gar sinnlos angesehen wurde, ist schwerlich objektiv zu beurteilen. Ein Bruch in der Kontinuität seines Erlebens und Verhaltens ist nicht sehr wahrscheinlich, wenn man berücksichtigt, dass die Tötung des Partners durchaus in Herrn Duyans Interesse liegen konnte. Mit der Tötung entledigte er sich eines Gläubigers. Gleichzeitig damit befreite er sich damit von einem Partner, der längerfristig von ihm die Abkehr von seiner bisherigen Praxis gefordert haben könnte, sich seiner sexuellen Bedürfnisse zu befriedigen, indem er zugleich damit seine finanziellen Einkünfte aufbesserte. Das allerdings hätte vorausgesetzt, dass Herr Duyan einen Handlungsvorsatz zuvor gefasst hätte. Dies aber bestreitet Herr Duyan, räumt indessen ein, dass die Tötung seines Freundes allenfalls aus den in der Tatsituation freigesetzten, sonst aber gut von ihm kontrollierten aggressiven Phantasien entsprang.

Gegen eine tiefgreifende Bewusstseinsstörung spricht zudem, dass Herr Duyan wiederholt aggressiven Phantasien ausgeliefert war, mit einem Rundumschlag sich seiner misslichen Lage zu entledigen. Dass Herr Dyan dabei auch die Möglichkeit einer Selbsttötung einräumte, sei hier nochmals festgestellt. Derartige fiktive

Auseinandersetzungen sind jedoch uneindeutig für den Nachweis einer tiefgreifenden Bewusstseinsstörung. Sie können nämlich Ausdruck sowohl für eine gedankliche Vorbereitung der Tat als auch für den Beginn der emotionalen Zerrüttung sein. In dubio pro reo handelt sich hier um Gedankenbewegungen, die wiederholt die erbärmliche Lebenslage des Herrn Duyan reflektieren. Auf die Kundgabe von Lösungen, als deren eine die Verwirklichung eines Tötungsvorsatzes zu qualifizieren wäre, ließ sich Herr Duyan während der gesamten psychologischen Untersuchung niemals ein.

Vielmehr zeigen die Einlassungen von Herrn Duyan anschaulich die zunehmende konflikthafte Verstrickung, in die er sich anwachsend mehr verfing. Er stellte Herrn Dr. Maubesor anfangs als einen alternden geilen Geck hin, der jungen Südländern Geld für deren körperliche Verfügbarkeit bot (Blatt 287). Gleichzeitig stellte er ihn als jenen Menschen dar, der das größte Verständnis für seine Lage äußerte und sich wiederholt mit Herrn Duyan darüber unterhielt, wie er seiner ausweglosen Lage Herr werden könnte. Ein anderes Argument, die Vorbedingungen der Tat als Ausdruck einer konflikthaften Verstrickung zu sehen, besteht in dem untauglichen Versuch des Herrn Duyan, eine Zeugin beizubringen, die angeblich zugegen war, als Dr. Maubesor dem Angeklagten einen Scheck in Höhe von elftausend Mark übergeben und dabei gesagt habe, dass dies der Lohn für seine Liebesdienste sei (Blatt 351). In der Vernehmung habe dann die Zeugin lediglich einräumen können, dass Herr Duyan von seinem Arbeitgeber, Herrn Oktay Kuru, wiederholt beauftragt wurde, Schecks von Geschäftskunden zur Bank zu tragen. Die Konfrontation dieser Zeugin mit Fotos von Dr. Maubesor führte zu dem Ergebnis, dass sie einräumte, sich nicht an Dr. Maubesor erinnern zu können. Im Ergebnis dieser

Vernehmung stellte sich heraus, dass diese Zeugin, die in der Firma des Herrn Kuru als Reinigungskraft beschäftigt war, von Herrn Duyan zu einer Falschaussage bewegt worden war. Sie habe für diese »Gefälligkeit« einhundertfünfzig Mark erhalten.

Aus der zusammenfassenden psychologischen Würdigung der Vorgeschichte der Tat und ihrem Ablauf ist unter der Prämisse, dass die vom Angeklagten gegebene Tatversion im wesentlichen zutrifft, eine tiefgreifende Bewusstseinsstörung zu bejahen. Die Steuerungsfähigkeit des Angeklagten zum Zeitpunkt der Tat war deutlich vermindert. Ein vollkommenes Aussetzen der Steuerungsfähigkeit in den Minuten der Tat kann nicht völlig ausgeschlossen werden, lässt sich jedoch aus den bisherigen Informationen auch nicht zweifelsfrei belegen. Der Hauptverhandlung bleibt es vorbehalten, auf die ausgeprägten Selbstbeschönigungs-, Rechtfertigungs-

und Verfälschungstendenzen des Herrn Duyan einzugehen.

Ünsal schlug das Gutachten langsam zu und ließ es seinen Händen entgleiten. Es blieb – von ihm nicht mehr beachtet - schließlich auf dem Fußboden vor seinem Bett liegen. Seine Zweifel über einen für ihn günstigen Ausgang des Prozesses wuchsen beträchtlich. Im selben Maße schwanden seine Hoffnungen dahin. Und doch ist Hoffnung wie ein Vogel, der singt, wenn die Nacht noch dunkel ist. Ein Blick auf seine Uhr gemahnte, nun endlich doch zu schlafen, wenigstens zu versuchen, etwas zu schlafen; denn Mitternacht rückte heran. In sechs Stunden würde er geweckt werden. Ünsal fiel ein Satz aus seinen Kindertagen ein, den ihm seine Mutter stets zu sagen pflegte, wenn er des Nachts nicht schlafen konnte: Die Mitte der Nacht ist der Anfang des Tages!

Ihm war kalt geworden, sehr kalt. Regungslos, abgestumpft lag er da und starrte in die matt scheinende

Glühbirne, die von der Zellendecke herabhing. Das Bett hatte seine wärmende, behütende Kraft verloren. Der Winter kündigte sich an. In der Nacht spürt man seine Kälte stärker als am Tage; und wenn man allein die Nacht zubringt, ist sie unwirtlicher als wenn man einsam ist ... In Wahrheit verbirgt sich hinter jeder Nacht ein neuer Morgen. Und ihre Weisheit lehrt uns, warten zu sollen und hoffen zu dürfen.

Zeitfracht Medien GmbH
Ferdinand-Jühlke-Straße 7
99095 Erfurt, Deutschland
produktsicherheit@kolibri360.de